KB252706

연애

페르소나 작

gasse

연애

초판 1쇄 인쇄 2008년 9월 29일 | 초판 1쇄 발행 2008년 9월 29일 | 도서출판 gasse (제
302-2005-00062호) | 서울 용산구 한강로1가 용산파크자이 D동 606호 |
T. 02.2071.6866 | F. 02.2071.6877 | www.gasse.co.kr | ISBN 978-89-93489-00-2 |
조양출판인쇄 | 값 9800원 | 잘못된 책은 바꿔드립니다 | 이 책은 저작권법의 보호를 받습니다

연애

페르소나 작

gasse

당신은 연애 할 준비가 되어 있나요?...

왜 저는 그런 생각을 했을까요. 모든 것이
아주 오래 전부터 서로 연결되어진 것 같다는
생각 말이에요. 만약 그렇다면 그것들은 정해진
어떤 길을 따라서 가는 거겠죠?

1. 어느샌가 봄은 시작되어 있었다.

몸을 구부리고 생활정보지 한 부를 꺼내 들었다. 거리 구석구석에 흔하게 놓인 게 생활정보지인데 조금만 늦더라도 동이 나 버리는 경우가 많았다. 도대체 그 많은 정보지들이 꼭 필요한 사람들에게 들려지고 있는 건지 갑자기 궁금해졌다. 이유도 없이 세상을 의심하는 병은 언젠가부터 원래 가지고 있던 습관인 것처럼 굳어져 버린 것 같다. 별 필요도 없는 사람들이 습관적으로 종류별로 몽땅 가져가서는 펼쳐 보지도 않고 한쪽 구석에 쳐박아 뒀다가 삼겹살 구워 먹을 때나 꺼내서 바닥에 깔아 놓는 건 아닐까. 그렇지 않다면 벌써 몇 주째 허탕 치는 게 설명이 되지 않는다. 그래서 오늘은 잠에서 막 깨자마자 얇은 패딩 점퍼만 대충 걸친 채 야구

모자를 푹 눌러쓰고 골목으로 나온 것이다. 아직 안 늦었는
지 골목을 빠져나가는 그 끝에 놓인 파랑, 초록, 노랑, 빨강
색색들이 생활정보지 보관함 중 빨강색 보관함에만 달랑 몇
부가 남아 있는 게 보였다.

'휴, 다행이야'

일어나자마자 움직인 수고에 대한 보답을 받아 다행이었
고, 약삭빠른 사람들의 행동에 조금이나마 대응할 수 있어
서 다행이었다. 그리고 밑도 끝도 없는 세상에 대한 의심을
눈꼽만큼은 풀어 버릴 수 있게 되어서 다행이었다.

난생 처음 맡아보는 것처럼 싱그러운 공기가 코로 밀려
들어왔다. 그러고 보니 아침은 참으로 오랜만이었다. 불순
물이 뒤섞인 물컵을 힘껏 흔들었다가 둔 것처럼 복잡한 몸
과 머릿속이 서서히 침전하듯 가라앉았다. 나는 천천히 동
네 공원 쪽을 향해 걸었다. 좁은 골목에 다닥다닥 붙어있는
집들은 흉물이라해도 좋을 만큼 낡았고, 담벼락은 사람냄새
와 사람이 만들어 내는 냄새들이 뒤섞인 냄새를 풍기고 있
었다. 비가 추적추적 내리는 날이면 이 냄새는 은근히 좋은
냄새로 바뀌곤 하는데, 그걸 맡기 전에 먼저 맡아야하는 물
비린내가 견디기 힘들어 비오는 날은 코를 틀어막고 골목을
지날 수밖에 없었다. 골목을 벗어나면 놀이터라고 하기엔
좀 더 크고 공원이라기보단 공터에 더 가까운 장소가 있었
다. 밤에는 고등학생들의 탈선 장소가 되기 때문에 주민들

은 많은 민원을 낸다고 했다. 나는 공원 입구에 서 있는 자판기에서 밀크커피 한 잔을 빼어 들고 안쪽을 훑어보았다. 그곳에는 노인 한 분이 운동을 하고 있을 뿐이었다. 그 분은 중풍으로 몸 한쪽이 마비됐는지 보행기에 의지한 채 절룩거리며 언제나 저렇게 운동을 하고 있었다. 오늘 같은 아침은 물론이고 점심에도 저녁에도 내가 공원에 들를 때면 언제나 운동을 하고 있었다. 나는 한 때 저 할아버지가 잠은 자고 밥은 먹는지 궁금했었다. 공원 한쪽에 텐트를 치고 산다고 해도 믿을 만큼 그 분은 언제나 그곳에 있었다. 인사를 나눈 적은 없지만 아마 저 할아버지도 나를 알아볼 것이다. 인적이 드문 곳에서 자주 만나게 되는 사람이라면 특별히 신경 쓰지 않더라도 자연스럽게 서로를 인식하기 마련이다.

나는 벤치에 앉아 커피 몇 모금을 홀짝이며 생활정보지를 뒤적거렸다. 벌써 6개월째 직장을 알아보고 있다. 아무런 미사여구 없이 대뜸 직원구함이라 쓰인 광고부터 월수입 200 보장이라는 달콤한 말로 유혹하는 구인란까지 꼼꼼하게 훑어보았다. 정말 사람이 필요하긴 한 걸까 하는 생각이 들 정도로 활자 하나하나엔 진실함이나 절실함 같은 게 없어 보였다. 그것은 나에게 '네가 지금 그런 생각을 할 여유가 아직까지도 있다고 믿는 거니? 여기 있는 거라도 해야 되는 거 아냐?' 라고 강요하는 것만 같았다. 맞는 말이었다.

내겐 이제 다음 달 방세와 생활비를 충당할 돈도 남아있지 않았다. 처음 회사를 그만 두었을 땐 3개월 안에 다른 직장에 갈 수 있을 거라고 믿었다. 하지만 취업은 마음대로 되지 않았고 결국은 생활비를 줄여가면서 버텨보자고 한 게 어느새 6개월 째였다. 남은 커피를 한 번에 들이키고 고개를 돌렸을 때 문득 낯선 남자가 내가 앉아 있는 벤치 가까이 다가와 있는 게 보였다. 그는 말끔한 수트차림에 선글라스를 끼고 있었다. 평일 아침에 중풍환자와 실업자 사이에 서 있기에는 너무나도 안 어울려서 그는 금방 외계에서 내려온 것처럼 느껴지기까지 했다.

"제가 방해 했나요?"

그는 명품 슈트 같은 말투로 물어보았다. 순간 나는 아침에 정보지나 뒤적거리는 한심한 사람처럼 보이는 것 같아서 생활정보지를 얼른 한쪽으로 치우면서 말했다.

"방해할 만한 곳이 아닌데요, 여긴. 그리고 저는 그만 일어나려던 참이었어요."

그는 몇 걸음을 걸어 내 앞까지 다가왔다. 선글라스에 비친 세상만이 움직이고 있었고, 그 선글라스를 제외한 그의 얼굴은 전혀 움직이지 않고 있었다.

"잠시 드릴 말씀이 있습니다."

그는 내 앞에 곧바로 서서 그렇게 이야기 했다. 중풍 할아버지는 어느새 벤치 근처까지 와 있었으며 그 분이 있어서 그랬는지 낯선 남자가 가로막았음에도 그다지 위협적으로 느껴지지는 않았다. 나는 공원 입구 쪽으로 고개를 돌려 보았다. 한 남자가 커피를 뽑기 위해 자판기 앞에서 서 있다가 흥미로운 듯 이쪽을 바라보고 있었다. 무슨 일이 일어날 만한 곳도, 시간도 아닌 듯 했고, 게다가 결정적으로 나에겐 그 무슨 일이 잘 일어나지 않는 편이었다.

"무슨 말씀이세요?"

나는 다시 편하게 자세를 고쳐 앉으며 말했다.

"실례지만 지금 일을 하고 계십니까?"

"네. 하지만 회사엔 가지 않아요. 말하자면 프리랜서죠. 근데 그건 왜 물으세요?"

물론 거짓말이었다. 낯선 사람에게 내 현실까지 그대로 말해줄 의무 따위는 없으니까.

"잘 됐군요. 그럼 파트타임으로 일을 해 보지 않으시겠습니까?"

그는 안쪽 주머니에서 명함집을 꺼내 한 장을 빼서 내게 건넸다. 그는 뜻밖에도 국내 굴지의 기업체 로고가 새겨진 명함을 갖고 있었다. 직함도 비서실장이었다. 왠지 드라마에서 나오는 한 장면 같은 생각에 피식하고 헛웃음이 터져 나왔다.

"무슨 파트타임 일인데요?"

이 다음에 이어질 이야기는 신빙성이 떨어질 것같은 느낌이 든다.

"간병인입니다."

그는 명함집을 집어넣으며 말했다. 그 말을 하는 동안 그의 표정은 거의 변화가 없어서 나는 혼란스러웠다. 믿어야 하나. 말아야 하나.

"환자분은 저희 회장님입니다. 갑작스런 뇌출혈로 인해 지금은 전신마비 상태로 중환자실에서 치료를 받고 계십니다."

"잠깐만요"

나는 그의 말을 가로 막고 말했다.

"지금 나더러 그 분을 간병하라는 건가요? 저는 간호사도 간병인도 아닌데요. 게다가 회장님 정도라면 좋은 의료진이 많을 텐데 왜 저같은 사람에게 그런 일을 부탁하는지 모르겠군요. 아마도 '회장님 간병인 구함' 하고 이 생활정보지에라도 실리게 된다면 경쟁률이 엄청날 것 같은데요."

나는 분명 그가 뭔가 착각을 하고 있거나 헛소리를 늘어놓고 있다고 생각되었다. 나는 자리에서 일어나려 해도 그가 가로 막고 있어서 일어날 수가 없었다. 내가 약간 격앙되어서 목소리가 커졌기 때문에 아까 공원입구에 서있던 남자는 계속해서 커피를 마시며 이쪽을 유심히 바라보고 있었다. 비서실장은 몸을 비켜서서 입구 쪽을 가로막고 말했다. 내 앞쪽은 이제 트여서 언제라도 일어설 수 있는 상태였으나 입구 쪽이 보이지 않아 그 쪽에 있던 사람이 계속 보고 있는지, 어떤지를 알 수 없게 되어 버렸다.

"저는 허튼 소리나 하는 그런 사람은 아닙니다. 회장님께서는 이제 거의 손을 쓸 수 없는 상태라고 당신 스스로 생각하시는 모양입니다. 그리고 저에게 부탁하셨죠. 당신이 간병인을 해 주었으면 좋겠다고 말입니다. 사실 회장님과 당신은 구면입니다. 6개월 전에 오토바이가 친 강아지를 구해 준 적이 있었죠? 당신이 서둘러 동물병원에 안고 간 덕분에 겨우 목숨을 건질 수 있었죠. 네, 그 강아지가 바로 회장님의 강아집니다. 병원에 메모만 남기고 돌아가셨다고 회장님께서 많이 서운해 하셨습니다. 기억이 나십니까?"

분명히 기억하고 있었다. 그날 바로 내가 회사에서 쫓겨난 사건이 생겼으니까. 나는 작은 유통회사에서 이런저런 일을 하고 있었다. 작은 회사란 게 할 일은 많지만 사람은 적은 게 당연해서 커피를 타는 일부터 상담전화, 그리고 DM을 보내는 일, 심지어는 경리사원들이 하는 은행업무까지 모두 내가 도맡아 해야하는 일이었다. 나는 보통의 회사보다 더 많은 월급을 받고 있었으므로 그 허드렛일을 마다않고 해내고 있었으며 단순히 내가 일을 많이, 그리고 잘 했기 때문에 남다른 대우를 받아 마땅하다고 생각했다. 하지만 지금 와서 생각해 보면 그것은 사장의 사심이 있는 인센

티브가 아니었을까 하고 생각될 뿐이었다.

그날은 바람이 아주 많이 불던, 모두가 그 바람만큼이나 분주해지는 12월의 어느 날이었다. 은행 마감시간이 거의 다 되었을 때 갑자기 사장이 저녁 늦게 덤핑상품을 구입해야 한다며 현금 천만 원을 인출해 오라고 했다. 나는 서둘러 은행으로 갔고 가까스로 현금을 인출할 수 있었다. 무슨 마약거래도 아닌데 덤핑상품들은 매번 이렇게 비밀스럽게 거래되고 있었다. 은행의 언니는 언제나처럼 종이로 된 커다란 쇼핑백을 가져다가 그 안에 차곡차곡 돈다발을 넣어주었다. 그래야 돈이 든 봉투처럼 보이지 않기 때문이다. 나는 쇼핑백을 받아 들고 인사를 한 후 은행 문을 나섰다. 반대편 차선 쪽으로는 바쁜 12월에 걸맞게 차들이 늘어서 있었다. 그 때 뒤쪽에서 끼익하는 소리와 함께 강아지의 날카로운 신음소리가 들렸다. 반사적으로 몸을 돌려보니 이미 오토바이는 강아지를 치고 반대편으로 잽싸게 달아나고 있었다. 주위엔 지나가는 사람도 없었고 그 강아지는 이미 입에서 피가 줄줄 흐르고 있었다. 나는 몸이 후들후들 떨리기 시작했고 나도 모르게 그쪽으로 달려갔다. 그땐 아무런 정신이 없었던 것 같다. 강아지는 금방이라도 숨이 끊어질 것처럼 간간이 몸을 부르르 떨고 있었다. 어디를 얼만큼 다쳤는지 살펴볼 틈도 없을 것만 같았다. 나는 강아지를 안고 뛰기 시작했다. 다행히 그쪽 주변은 잘 아는 곳이었기 때문에 동물병원까지 십분 가량을 뛰어가서 수의사에게 강아지를 건넸다. 수의사는 급히 수술을 시작했다. 그제야 나는 정신이 들었고 몸이 나른해지며 피곤함이 몰려오기 시작했다. 하지만 뭔가 허전한 느낌이었다.

'아, 쇼핑백과 지갑!'

급하게 뛰느라 강아지가 쓰러진 곳에 그대로 놓고 와 버린 것이다. 나는 서둘러 그곳으로 뛰어갔다. 하지만 현금이 든 쇼핑백과 지갑 그런 것들이 그 자리에 그대로 있는 행운은 세상에 존재하지 않는다. 나는 그 자리에 주저앉아 엉엉 울고 말았다. 돈을 기다리던 사장의 전화에 돈을 잃어버렸다고 했으며 그는 몇 분 후 내가 울고 있는 곳으로 달려왔다. 그리고 경찰도 왔다. 경찰이나 사장이나 내 말을 전혀 믿지 않는듯 했다. 그들은 몇 번이나 똑같은 질문을 하였고 울 때도 울음이 그친 후에도 그들은 잃어버린 경위를 반복해서 물었다. 나는 강아지 사고를 말했으며 그들은 하나같이 고개를 갸우뚱거리며 어떻게 그럴 수 있지 하고 중얼거렸다. 얼굴이 붉어진 사장은 나에게 도대체 어떻게 된 사람이냐며 소리를 쳤고, 나는 그가 무서워서라기보다는 억울해서 또다시 울 수밖에 없었다. 경찰은 수의사에게 사실 확인과 정황을 묻는다며 동물병원으로 갔고 사장과 나는 거리에 남겨졌다. 한동안 사장은 아무 말도 않고 담배만을 피워댔다. 나도 아무 말도 할 수 없었다.

"꼴도 보기 싫으니까 내일부터 나오지 마라. 너를 믿으려고 노력해 보겠다. 하지만 잃어버린 책임은 물어야 되니까 며칠 분의 월급과 퇴직금은 줄 수 없다. 너에게 잃어버린 돈에 대한 책임까지 지우지는 않겠다. 그러니까 내 눈 앞에서 사라져라."

그리고는 동물병원 쪽으로 몸을 돌려 도망치듯 가버렸다. 그 순간에서도 돈 계산을 하고 있었던 게 분명했다. 나는 그때까지 길바닥에 주저 앉아 있었다. 서러웠다. 바람이 세차게 불어왔고 작은 모래들이 얼굴에 부딪쳤다. 갑자기 토할 만큼 견디기 힘든 냄새가 나기 시작했다. 그것은 소화불량에 걸린 소가 풀과 꽃잎 같은 것들을 잔뜩 집어먹고 게워낸 것에서나 날만한 냄새였다. 나는 헛구역질을 몇 번 하다가 정신을 잃었다.

내가 다시 정신을 차린 것은 병원이었다. 어쩐 일인지 일으키기 힘들만큼 몸이 무거웠다. 주위의 공기가 나를 그대로 누르고 있는 느낌의 1인실 병실 안이었다. 내 손목엔 링거 바늘이 꽂혀 있었고, 나는 고개만을 움직여 주위를 둘러보았다. 아무도 없었고 머리맡의 다용도 수납장 위에서 가습기가 입김을 내뿜고 있었다. 시간마저 멈춰 버린듯했다. 바로 전의 기억을 떠올리려 했지만 정신을 잃기 바로 전의 기억은 마치 몇 년이나 흘러 버린 느낌이었다. 그때 병실 밖에서 똑똑 하고 문을 두드리는 소리가 들렸다. 나는 놀라서 시트를 뒤집어 썼다. 곧 문이 열리고 누군가 들어오는 발자 국 소리가 들렸다. 발자국은 점점 가까워지더니 내가 누워 있는 침대를 지나 바로 옆까지 이어지다가 멈췄다. 나는 가 슴을 졸이며 약간은 두려워졌다. 갑자기 꽃향기가 났다. 그 리고 그때 내 전화기가 울렸다.

"여보세요. 네, 저는 꽃배달 온 사람입니다. 지금 환자분 은 주무시는 것 같은데 제가 메모라도 남겨드릴까요?"

그제야 나는 안심을 할 수 있었다. 하지만 나는 시트를 걷어낼 수는 없었다. 부스럭거리는 소리가 났고 뭔가 긁적 거리는 소리가 났다. 그리고 종이를 접는 것같은 소리가 난 후 그가 몇 발짝 움직이는 것 같았다. 그의 발소리가 점점 멀어졌고 이내 문이 닫히는 소리가 들리자 다시 병실 안은 쥐 죽은 듯 고요해졌다. 나는 이불을 걷어내고 전화기를 찾 았다. 전화기는 수납장위에 있었고 전화기 위엔 메모지가 접혀 있었다. 전화번호를 살펴보았다. 부재 중 전화가 꽤 많 이 있었는데, 그 중 몇 개는 남자친구였고 대부분은 사장이 한 전화였다. 그리고 모르는 전화. 걸린 시간으로 봐서는 아 까 꽃배달 하는 사람이 받은 전화였다. 나는 메모지를 풀어 보았다.

강아지 주인이 잠시 후 고맙다는 인사를 하러 온답니다.

꽃배달 왔다가 곤히 잠든 것 같아 허락 없이 전화를
받았습니다. 빠른 쾌유를 빌겠습니다. 그리고 이 꽃은
강아지 주인께서 보내는 꽃입니다.

반듯한 글씨가 맘에 들었다. 꽃집 하는 사람의 글씨다운
모양이었다. 전화벨이 다시 울리기 시작했다. 남자친구였
다. 나는 무슨 말을 할지 조금 망설이다가 받았다.
"어."
"왜 이렇게 전화가 안 되는 거야? 어디야 지금?"
남자친구는 조금 화가 나 있는 것 같았다. 작은 일에 버
럭 화를 내는 태도는 이미 6년의 시간을 지내면서 아무렇지
도 않게 무뎌져 버렸다.
"밖이야. 좀 일이 있었거든. 어디야?"
나는 머리를 긁적거렸다. 항상 그렇지만 그와의 통화는
마냥 좋고 편한 것 이외의 설명하기 어려운 것들이 있다. .
"나는 지금 밖에서 거래처 사람들 만나고 있어. 별일은
없어? 저녁은 챙기고?"
나는 전화기를 떼고 시간을 확인해 보았다. 9시가 넘어
가고 있었다.
"어 먹었어, 저녁은?"
"당연히 먹었지. 그럼 끊을게. 지금 사람들이랑 있어서
잠깐 나와서 전화한 거야. 나중에 다시 전화할게."

그는 멋대가리 없는 엑스트라가 남긴 대사처럼 전화를 끊었다. 나는 남은 그 여운에 대고 힘없이 속삭였다.

'지금 병원이란 말이야.'

잠시 후엔 전화기의 액정까지 꺼졌다. 곧이어 밖에서 웅성거리는 소리가 들렸다. 나는 다시 시트를 뒤집어 썼다. 문이 열리는 소리가 들리고 웅성거리는 소리가 병실 안으로 쏟아져 들어왔다. 사건이 잘 해결됐다는 경찰이야기, 환자는 이쪽에서 잘 보살피겠다는 젊은 남자의 목소리에 이어 50대 쯤 아저씨들 목소리, 그리고 환자를 최선을 다해 모시겠다는 젊은 남자와 여자의 목소리, 아마도 의사와 간호사 같았다. 그리고 두 사람의 발자국 소리가 엇갈리면서 가까워 졌다. 자네는 잠시 나가 있게나 하는 늙수그레한 목소리가 들려왔고 한 사람 분의 발소리가 밖을 향해 움직였다. 그리고 곧 문이 닫히고 웅성거리는 소리마저 사라졌다. 그 마지막 목소리는 헛기침을 몇 번 하면서 침대주위를 왔다 갔다 하다가 침대 옆에 놓인 의자에 앉았다. 나는 내가 일어나기 전엔 그가 나가지 않으리라 생각되었다. 슬며시 시트를 내렸다.

"좀 어떠신가?"

그는 시골 할아버지나 입을 듯한 점퍼 차림의 백발노인이었지만 내가 본 노인들 중에서 가장 힘이 들어간 눈동자를 가진 노인이었다. 그렇지만 전체적으로는 인자한 미소를 띤

표정 덕분에 그저 마음씨 좋은 노인처럼 보였다. 노인의 목
소리는 부드러우면서 강한 어떠한 느낌이 있어서 왠지 모르
게 행색과는 하나도 어울리지 않았다. 나는 시트를 좀 더 내
리고 몸을 일으키려고 움직였다. 머리가 깨질듯 아팠고 어
깨는 누가 짓누르는 것처럼 아팠다. 팔과 다리엔 아무런 힘
이 들어가지 않아 아! 하는 소릴 내고 말았다. 노인은 벌떡
일어나 나의 이마에 손을 갖다 댔다.

"일어나지 말게나."

"죄송해요. 몸에 힘이 없어서……."

나는 거의 울먹이듯 말했다.

"괜찮네. 오히려 내가 미안하네. 진작 오려고 했는데 좀
늦었구먼. 나는 아까 그 강아지의 주인일세. 아가씨가 구해
준. 너무나도 고마운 분인데 정신을 잃었다고 하기에 내가
입원을 시킨 거라네."

그는 손을 떼고 말했다.

"아, 강아지는요? 괜찮은 가요?"

나는 눈을 동그랗게 뜨고 물었다.

"괜찮다네. 조금만 늦었으면 위험할 뻔 했다고 하더군.
근데 어디 아픈 데는 없는가? 방금 의사를 만나고 왔네만
별다른 건 없고 좀 놀라서 그런 것 같다는군."

노인은 아주 걱정스럽게 물었다. 마치 친 할아버지처럼
진정으로 걱정해 주는 것 같았다.

"강아지도 그렇고 회사 일도 그렇고 제가 아까 너무 놀라서 그런 것 같아요. 걱정해 주셔서 감사합니다."

갑자기 거리에서 사장이 한 행동과 말들이 몸 위로 쏟아져 내리는 것만 같았다. 잃어버린 돈과 지갑도 같이 쏟아져 내렸다. 하지만 모두 헛것이 되어 버렸다.

"아참. 이것은 자네의 지갑이네. 내가 아는 사람이 마침 그 현장을 목격해서 말이지. 근데 어린 학생들이 자네 물건들을 먼저 주워서 도망치는 바람에 경찰에 신고하고 따라가서 되찾아 오는데 꽤나 시간이 걸렸다는 군. 돈도 지갑도 그대로네. 자."

노인은 들고 있던 지갑을 조심스레 내 손에 쥐어 주었다.

"그리고 경찰서에서 진술서를 작성 하면서 회사의 사장이란 사람과 얘기를 했었다네. 자네에게 좀 심하게 대했다고 하더군. 젊은 친구가 머릿속에 들은 거라고는 쯧쯧……. 어떤가? 그 친구는 다시 자네가 회사에 나와도 좋다고는 했네만 자네 생각은 어떤가? 그런 친구와는 어울리지 않는 게 좋은데 말이야."

노인은 그렇게 말하고선 고개를 절래 절래 흔들었다. 보지 않았어도 사장의 행동을 알 수 있었기 때문이다.

"아가씨만 좋다면 얼마든지 다른 회사에 소개시켜 줄 수 있다네. 우선은 이곳에서 좀 쉬면서 천천히 생각해 보는 게 좋을 것 같네. 자 여기 내 전화번호가 있으니 언제라도 전화를 하게. 내 강아지를 구해 준 은인인데 어떻게 해서라도 보답은 좀 하고 싶네."

노인은 명함 한 장을 꺼내 건넸다. 하얀 종이에 전화번호만 적혀있는 희한한 명함이었다.

나는 역시나 좀 이상하다고 느끼면서 노인을 그만 보내야겠다고 생각했다.

"아니에요. 다른 일들이 잘 해결되었다니 다행이네요. 제 물건을 찾아 주신 분에게도 감사하구요. 그리고 회사는 나가지 않을 거예요. 좀 쉬면서 일자리를 찾아보면 되죠. 신경 써 주셔서 감사해요. 늦었는데 그만 돌아가세요. 저는 정말 괜찮아요."

"그래, 언제든지 내 도움이 필요하다면 전화하게. 오늘 일은 정말로 고마웠네. 노인네가 주책없게 너무 말이 많았던 것 같구려. 그럼 잘 쉬게나."

노인은 눈을 몇 번 깜박이고는 내 손을 한 번 쓸어내리고 몸을 돌렸다. 따뜻한 손이었다. 노인은 잠시 멈춰섰다가 다시 몸을 돌려 물었다.

"이름이 지수연이라고? 올해 몇 살이신가?"

"네. 26살 입니다."

"정말 좋은 나이군. 나는 최가 라고 하네. 자. 또 봄세."

"안녕히 가세요"

나는 몸을 조금 일으켜 목을 겨우 움직여 인사를 했다.

나는 똑바로 누워 병실 천정을 바라보고 있었다. 모든 일들이 마치 순식간에 지나간 것처럼 느껴졌다. 느슨한 보통의 일상이었다가 갑자기 천둥과 번개, 그리고 비바람이 몰아쳤다. 그리고 갑자기 또 날씨가 갰다. 모든 것들이 그렇게 숨이 찰 정도로 바쁘게 돌아갔지만 정작 나는 기절해 버렸다. 그리고 깨어난 후 여기가 어딘지 시간이 얼마나 흘렀는지도 전혀 모르고 있었다. 가만히 병실을 둘러보았다. 상당히 고급스런 재질로 된 벽이며 병실을 채우고 있는 모든 것들이 내가 봐온 병실과는 꽤 거리가 있었다. 다시 문 두드리는 소리가 들렸고 60대로 보이는 의사 한명과 간호사 두 명이 따라 들어왔다. 한 명은 나이가 좀 있는 40대 정도의 간호사였고 한 명은 내 또래의 간호사였다. 세 사람은 침대 끝에 나란히 섰다.

"저는 담당의입니다. 조금이라도 불편한 점이 있으면 언제라도 불러주십시오"

노의사는 깍듯이 인사를 했다. 이런 대우는 받아 본 적이 없었기 때문에 나는 왠지 불편했다.

"아. 네."

"그리고 이쪽은 수간호사입니다. 그리고 이쪽은 오늘밤에 근무를 하는 간호사입니다."

"네. 안녕하세요. 그런데 여기선 이렇게 친절하게 인사도 하시는 군요. 여기가 어디죠?"

고개를 조금 들고 의사에게 물었다. 의사와 수간호사는 당황했는지 어쩔 줄을 몰라 했고 내 또래의 젊은 간호사는 억지로 웃음을 참고 있는듯한 묘한 표정을 지었다.

"여기는, 서울대학병원입니다. 최 선생님께서 특별히 부탁하셨습니다. 아주 중요한 분이시라고. 현재 아가씨의 상태는 스트레스성. 아니 죄송합니다. 많이 놀라서 몸에 무리가 좀 온 것으로 보입니다. 따라서 편하게 쉬시고 약간의 약물치료를 병행하는 것이 최선이라고 생각됩니다. 모쪼록 편하게 지내시기 바랍니다. 그럼 내일 아침 회진 때 다시 뵙도록 하겠습니다."

의사는 다시 깍듯하게 인사를 하고 수간호사에게 눈짓을 보내고 먼저 병실을 나섰다.

"저는 수간호사인 김 간호사 입니다. 여기 있는 윤 간호사가 오늘밤 근무를 하면서 한 시간마다 한 번씩 혈압 같은 것을 잴 것입니다. 불편하시면 언제든지 말씀하시면 하지 않도록 하겠습니다. 그리고 머리 위쪽에 있는 호출 버튼을 누르시면 곧 달려오도록 하겠습니다."

다시 수간호사는 윤 간호사에게 눈짓을 보내고 병실을 나섰다. 나는 무슨 영문인지 한참동안 넋을 놓고 바라보고 있었다. 우리나라에 이런 병원도 있다니 하는 생각과 함께.

"저. 저는 윤혜정 간호사입니다."

그녀는 꽤 예쁘장한 얼굴을 하고 있었다. 무슨 대회 출신이라고 해도 믿을 정도였다. 몸매도 좋은 편이어서 여기에 입원한 환자들이 가지고 온 병에 마음의 병까지 얻게 할 만한 인상이었다.

"어떻게 된 일이죠? 같은 또래 같은데 이젠 높은 사람들도 없으니까 편하게 얘기해 줄래요?"

나는 그녀라면 정확하게 얘기해 줄 것만 같았다.

하지만 그녀는 매우 당황해 하고 얼굴까지 빨개졌다.

"아. 하지만. 하지만 저는 그저 잘 보살펴 드리라는 지시를 받았을 뿐이에요."

그녀는 차트를 가슴에 꼭 안고 매우 긴장한 듯 말했다.

"여기는 어디죠? 아까 그 영감님은 누구죠? 대체?"

"저는 말씀드릴 수 없어요. 여기는 서울대학병원이 맞아요. 이 병실은 그분이 쓰시던 병실이고 아까 그 의사 분은 그 분의 주치의시구요. 아가씨는 정신을 잃은 상태에서 실려 온 거에요. 굉장했어요. 그렇게 많은 사람들이 몰려온 건 연예인 말고는 없었거든요. 경찰들과 그 분 밑에서 일하시는 분들, 그리고 아가씨가 있던 회사 사장이라는 분도 왔었는데 그 분에게 핀잔만 듣고 돌아갔죠. "

그녀는 떨면서도 비교적 또박또박 이야기 했다. 하지만 강아지 주인부터 담당의, 수간호사 모두들 어딘지 모르게 이 세상 사람들 같지 않은 분위기가 났다.

"저, 그럼 이제 혈압과 체온 좀 재도 되겠습니까?"

그녀는 몸을 굽혀 물었다. 나는 순순히 체온계를 겨드랑이 사이에 끼우게 하고 팔을 그녀에게 내밀었다. 혈압계에 공기를 불어넣자 압박감이 느껴졌다. 꽉 들어찬 공기 사이로 혈관이 꿈틀대며 피가 통하고 있는 것이 느껴졌다. 그녀는 노브를 풀어 공기를 천천히 빼내며 혈압을 확인했다.

"어떤가요?"

그녀는 체온계를 다시 빼내어 체온을 확인하고는 예쁜 미소를 지어 보였다.

"혈압과 체온 모두 정상이에요. 이제 그만 주무세요. 제가 한 시간마다 와서 체크해 보겠습니다."

"아니요. 정상이라면 다시 잴 필요 없어요. 저 신경 쓰지 말고 다른 환자들을 돌보세요."

나는 한 시간 마다 그녀가 온다는 말에 손을 저으며 말했다. 그녀는 곤란한 표정으로 부탁하듯 말했다.

"안 되는데……. 그렇게 하지 않으면 이 차트를 기록할 수 없고 저는 굉장히 곤란해지거든요."

"정말 괜찮아요. 저는 잠시 쉴 테니까요. 방해하지 말아 주세요. 곤란해지면 제가 수간호사님이나 의사 선생님에게 직접 이야기 할게요. 정말이에요. 방해 받고 싶지 않아요."

"그럼 그렇게 하겠습니다. 편히 쉬세요."

그녀는 나를 한참 바라보더니 차트에 무언가를 짧게 써 넣고는 인사를 하고 병실을 나갔다. 그리고 조명의 밝기가 서서히 줄어들었다. 하지만 꺼지지는 않았다. 다시 고요한 병실이 되었다. 이젠 정말 무엇에도 방해 받고 싶지 않았다. 미세한 소리와 함께 가습기의 수증기만이 공기 중으로 퍼져 가고 있었다. 옆에는 여러 가지 소국으로 만든 꽃바구니가 물 연기에 맞아 흠뻑 젖어 싱그러움을 더하고 있었다. 나는 꽃향기에 잠이 쏟아졌고 침대는 잠을 자기에 안성맞춤으로 편안했다.

그건 꿈이었다. 내가 거리에 앉아 울고 있었다. 사람들이 몰려들기 시작하고 내 주위를 가득 메웠다. 회사 거래처 사람, 회사 사장, 그리고 최 씨 노인, 그리고 은행 언니, 의사, 수간호사, 윤 간호사, 그리고 그 뒤로 내 친구들도 보였다. 나는 눈물로 범벅이 된 얼굴을 한 채 사람들에게 손을 내밀었다. 하지만 그들은 자신들끼리만 웅성거릴 뿐이었고 몇몇 사람들은 내가 아예 보이지도 않는 듯 행동했다. 나는 무리의 중간 정도에서 남자 친구의 얼굴을 찾아낼 수 있었다. 그는 거래처 사람들과 같이 있었다. 미간을 찌푸리며 나를 보다가 다시 거래처 사람들과 나 때문에 중단된 회의라도 다시 하는 양 그 사람들에게 시선을 고정했다. 이따금 나를 확인하기는 했으나, 그건 마치 내가 죽었는지 살았는지만을 확인하는 것 같았다. 이윽고 나를 중심으로 원을 그리고 있었던 사람들은 바깥쪽으로부터 하나 둘씩 사라져갔다. 심지어 남자친구마저 거래처 사람들과 함께 몸을 돌려 사라져 버렸다. 나는 너무나 두려워 머리를 땅바닥에 대고 울기 시작했다. 한참을 멀어지는 발자국 소리와 다시 거리의 소리가 커져가며 내가 우는 소리가 작아지는 것을 느꼈다. 이제는 아무런 인기척을 느낄 수가 없었고 그저 나만 거리에 홀로 엎드린 채 울고 있었다.

그때 꽃향기가 났다. 거리는 꽃향기가 말라가는 계절인데 나는 고개를 들었다. 한 아름의 수국이었다. 그의 바로 뒤쪽엔 강렬한 태양이 있어 그의 얼굴은 그림자에 가려져 알아볼 수 없었다.

"누구세요?"

난 훌쩍이며 물었다. 그는 그림자 뒤에서 미소 지었다. 그리고 말했다.

"이제 그만 울어요."

문자가 온 소리에 잠이 깼다. 병실 조명은 완전히 꺼진 상태였고 창 밖에서 들어오는 희미한 빛이 전부였다. 전화기를 열어 시간을 확인했다. 오전 3시 3분. 남자친구였다.

늦었지만 걱정할 것 같아 문자 남긴다. 이번 주말도 일해야 할 거 같아. 잘 자고 내일 통화하자.

어느샌가 팔에 꽂혀 있던 링거는 빠져있었다. 아마도 자는 사이에 윤 간호사가 뽑은 것 같다. 베개는 잔뜩 젖어있었다. 나는 몸을 일으켜 보았다. 머릿속도 아프지 않았고 목과 어깨에도 짓누르는 느낌이 없었다. 몸이 한결 가벼웠다. 침대에 걸터앉아 창밖을 보았다. 아마도 맨 꼭대기 층인지 거리가 한 눈에 들어오는 스카이라운지에서나 볼 수 있는 야경이었다. 바닥에 놓인 슬리퍼를 신고 천천히 걸었다. 그러자 병실 조명이 서서히 밝아졌다. 야경이 비춰지던 창에 서서히 병실과 그 안에 서 있는 내 모습이 나타났다. 환자복과 부스스한 머리. 겉으로 봐서는 좀 아파 보이기도 하는 것 같았다. 나는 머리를 손가락을 쫙 펴서 쓸어 넘기고 창문에 비춰보았다. 그런대로 환자 같아 보이지는 않았다.

나는 그대로 병실 문을 조금 열어보았다. 복도는 마치 호텔 로비와 연결되듯 고급스런 분위기였다. 한쪽 끝은 이 병실을 마지막으로 막혀 있었고 대략 병원들의 위치로 보아 다른 편 쪽에 간호사들이 있는 공간이 있으며 그쪽에 엘리베이터가 있을 것이다. 나는 병실 문을 닫고 내가 입고 있던 옷을 찾아보았다. 한 쪽 벽에 붙박이 옷장이 있었고 그 속엔 내가 입고 있던 옷이 아니라 새 옷이 몇 벌 들어있었다. 나는 옷들을 꺼내어 사이즈를 확인해 보았다. 정확히 내 사이즈였다. 하지만 그 안엔 내가 입었던 옷은 없었다. 하는 수 없이 카키색 면바지와 분홍색 폴로티, 그리고 그 위에 페르

시안 블루의 가디건을 걸쳤다. 그리고 옷장 아래쪽에 놓여 있던 캔버스화를 신었다. 전화기와 메모지가 꽂혀있는 꽃바구니를 들고 나갈 준비를 했다. 더 이상 어느 한 구석도 아픈 데가 없으니 누워있을 만한 이유는 없다고 생각했다. 병실 문을 열고 천천히 걸어서 간호사 대기실 앞으로 갔다. 그 안에는 윤 간호사가 컴퓨터 모니터를 보고 있다가 갑작스런 나의 인기척에 놀랐는지 벌떡 일어나 허둥대기 시작했다.

"죄송합니다. 무슨 문제라도. 어디 가시려고요?"

그녀는 심하게 긴장하고 있었다. 도대체 무엇 때문에 이토록 매번 긴장하면서 얘기하는 지 알 수 없었다.

"아. 네. 집에 가려고요. 이젠 하나도 안 아파요. 잠을 푹 자서 다 나았나 봐요. 더군다나 제가 좀 불편하거든요. 아프지도 않은데 병실에 혼자 누워있다는 것도 이상하고."

여전히 그녀는 안절부절 하지 못했다.

"그러시다면 내일 아침 의사 선생님 뵙고 퇴원하시는 게. 이렇게 가시면 제가 곤란해지거든요."

"그러니까 제가 좀 부탁을 드릴게요. 저는 여기 조금도 더 있지 못하겠거든요. 답답하기도 하고요. 제가 메모를 남겨드릴게요. 병원비를 내야 한다면 제가 맡기고 가겠어요."

나는 메모지를 찾기 위해 그녀의 책상 위를 훑었다.

"병원비 문제가 아니에요. 병원비는 최 선생님께서 지불하신다고 최대한 보살펴 드리라고 하셨는데 이런 식으로 가시면 분명 제가 문책을 받을 거예요."

그녀는 거의 울 듯 말했다.

나는 그녀의 책상 위에서 메모지와 볼펜을 들어 벽에 대
고 메모를 적어나갔다

호의는 정말 잘 받고 갑니다. 더 이상의 호의는 제게
부담을 주시는 것입니다. 몸은 완전히 회복되었으니
걱정하지 말아 주세요. 꽃바구니는 주신 거니까
받겠습니다. 안녕히 계세요. 그리고 윤혜정 간호사에겐
책임을 묻지 마세요. 제가 부탁해서 나가는 겁니다.

"자. 이젠 됐죠? 무슨 문제가 생기면 저에게 전화 주세
요. 제가 변호라도 해 드릴게요."

나는 그만 나가려고 꽃바구니를 다시 들었다.

"잠시만요. 정 그러시다면 댁까지 모셔다 드릴게요. 이것
만큼은 하게 해 주세요. 이것까지도 못 하게 하면 저는 정말
곤란해 질 거예요."

그녀는 이미 구내전화기 다이얼을 돌리고 있었다.

"네. 여기 VIP 실 환자분 댁까지 모셔다 드릴 차를 준비
해 주세요. 지금 당장이요."

이제까지 들어온 그녀의 목소리가 아닌 사무적이고 단호
한 목소리였다. 그녀는 전화를 끊고 아까의 떨리던 목소리

로 다시 돌아와서 말했다.

"이제 가시죠. 제가 바래다 드리겠습니다. 꽃바구니는 제
게 주세요."

그녀는 앞장서서 엘리베이터 쪽으로 향했다. 엘리베이터
는 병원 엘리베이터라고는 생각할 수 없는 그런 것이었다.
여느 병원 엘리베이터라면 항상 방문객과 환자들로 만원이
되고 층층마다 서야 하는 완행열차 같은 것이다. 그러기에
병원 엘리베이터에는 이런 저런 사람 때가 많이 묻어있기
마련이다. 그리고 소독약 냄새는 일 년 내내 머무른다. 어떤
것들은 층수가 적힌 버튼이 닳아서 잘 안 보이는 것들도 있
다. 하지만 지금의 이 엘리베이터는 지문 하나 묻지 않은 듯
깨끗하게 청소가 되어있었고 눈이 아플 정도로 선명한 층
수 누르는 버튼은 단 몇 개의 버튼에만 표시가 되어있을 뿐
다른 층은 아예 비워져 있었다. 내가 있던 곳은 16층이었
고, 엘리베이터는 아주 빠른 속도로 움직였으나 갑자기 어
지러워지거나 하는 느낌은 전혀 없었다. 곧이어 B1 버튼이
깜빡이면서 문이 열리고 밖에는 검은색 고급 세단과 그만큼
세련된 운전수가 뒷좌석 문을 열어놓고 있었다. 나는 어리
둥절한 표정으로 윤 간호사를 쳐다보았다. 그녀는 다른 말
은 하지 않았으나 표정은 많이 밝아져 있었다. 이로써 자신
의 임무는 모두 완수 했다는 위안을 받는 듯 했다. 나는 그
녀에게 웃음을 보이며 말했다.

"저위에 있을 때부터 지금 여기, 끝까지 놀라움의 연속이로군요. 이젠 이것으로 저는 평범함으로 돌아가겠죠?"

"언제라도 오시면 최선을 다해 드리라는 최 선생님의 부탁 말씀이 계신 줄로 압니다. 언제라도 오세요. 병원이란 곳은 자주 오기에 좋은 장소는 아닙니다만."

그녀는 눈빛으로 운전기사를 불러 꽃바구니를 건넸다. 운전기사는 두 손으로 꽃바구니를 받아 트렁크 안에 넣고는 다시 제 자리로 돌아와서 내가 차에 오르기를 기다렸다.

"그럼 안녕히 계세요. 여러 가지로 고마웠어요."

나는 고개를 숙여 그녀에게 인사를 했다. 그녀는 나보다 더 고개를 숙이며 물었다.

"안녕히 가세요. 어디로 모셔다 드리라고 할까요?"

나는 남자친구를 잠깐 생각해 보다가 내가 살고 있던 동네로 간다고 말했다. 내가 차에 오르자 운전기사는 문을 조심스럽게 닫고 재빠르게 운전석으로 이동했다. 그리고 공중을 나는 듯 부드럽게 차는 움직이기 시작했다. 봄날처럼 나른해지면서 다시 졸음이 밀려왔다.

"회장님께서는 그때 성의를 다 해 드리지 못한 게 미안한 일이라고 하셨습니다. 때문에 아가씨에게 그런 차원으로 이 일을 부탁하시는 건지도 모르겠습니다. 간병인이라고 하지만 아가씨께서 하실 일은 다른 간병인처럼 수발을 드는 건 아닙니다. 그저 중환자실 면회시간 때마다 회장님 상태를 체크해 드리고 말벗을 해드리는 정도가 될 것입니다. 다른 일들은 다른 분들이 맡아서 해 주실 겁니다. 어떠십니까? 시간의 여유가 된다면 아가씨께서 꼭 이일을 해 주셨으면 합니다. 시간이 별로 남지 않았기 때문입니다.”

그는 땅바닥을 바라보다가 오른쪽 편으로 보이는 공터를 향해 고개를 돌리며 말했다.

“회장님의 상태가 많이 안 좋은 건가요? 그러다가 돌아가시면요?”

그는 한동안 대답을 하지 않았다.

“그건 아가씨 책임은 아닌 겁니다. 자 이건 선금으로 드리는 보수입니다. 이 돈은 아가씨께서 승낙을 하시건 안 하시건 간에 드리라는 회장님의 분부가 계셨습니다.”

그는 아까 명함집을 꺼냈던 반대쪽 안주머니에서 흰 봉투를 꺼내 내밀었다. 그건 꽤 두툼한 봉투였다. 만 원짜리 신권이라면 백 장 정도가 될 만한 두께였다. 나는 두 손을 양쪽 주머니에 찔러 넣었다. 영문도 모르는 돈을 모르는 사람에게 덥석 받을 순 없었다. 비록 다음 달 월세와 생활비가 없다 해도 말이다. 그건 나를 팔아먹는 행위다.

“저는 그 돈을 받을 수 없어요. 도대체 나에게 왜 그러시는지 제가 직접 회장님을 뵈어야겠어요. 말해주세요. 어디로 가면 되죠?”

하지만 그는 계속 봉투를 들고 있었으므로 자꾸 돈다발이 든 봉투 쪽으로 눈길이 갔다. 하얀 색 봉투는 나에게 받아도 괜찮다는 듯 자꾸만 유혹했다.

"전화를 주시면 제가 모시러 오겠습니다."

그는 봉투를 가만히 내 옆쪽의 벤치에 내려놓았다.

"아니요. 제가 갈 겁니다. 회장님은 그때 그 서울대학병원에 입원해 계시겠죠? 그리로 가면 되죠? 그리고 이 봉투는 가져가세요."

나는 반사적으로 봉투를 들어 다시 내밀었다.

"회장님은 그 병원에 계시지 않습니다. 서울의료원 중환자실로 오시면 됩니다. 오시게 되면 전화를 주십시오. 제가 마중은 나가드리겠습니다. 그리고 그 돈에 대한 것은 아가씨께서 결정하시면 됩니다. 저는 지시를 따를 뿐 그 어떤 것도 내린 지시에 대한 결정을 할 권리가 없습니다. 그러니까 필요 없으시고 부담스러우시면 아가씨께서 마음대로 처리하셔도 좋습니다. 회장님의 분부셨습니다. 그럼 저는 이만 실례하겠습니다. 연락 기다리겠습니다."

그는 다시 깍듯한 차려 자세를 만들고는 나에게 인사를 하고 뒤돌아 걸어갔다.

중풍 환자 할아버지는 이미 자신의 운동 따위는 흥미를 잃어버렸는지 한참 동안이나 이쪽을 흔들거리며 바라보고 있었다. 그가 몸을 돌렸을 때 공원 입구 쪽에 서있던 사람은 보이지 않았다. 비서실장은 한 번도 뒤를 돌아보지 않고 그대로 입구 쪽에서 사라졌다. 그제야 나는 그가 남기고 간 봉투 안을 보았다. 그러나 내용물은 파란색이 아닌 흰색이었다. 나는 황급히 꺼내어 보았다. 맙소사 그건 만 원짜리 지폐가 아닌 십 만 원권 수표였다. 나는 봉투를 들고 공원입구 쪽으로 뛰어갔다. 하지만 거리엔 꽃배달이라고 쓰여 있는 배달용 차량만 있었고 다른 차들은 없었다. 그는 이미 사라졌다. 나는 누군가로부터 계획된 작전에 휘말려 들었다는 생각이 들었다. 그리고 봄은 이미 시작되어 있었다.

당신이 말하지 않아도 당신이 이미 와 있다는 것을 알 수 있답니다.

2. Pale Blue Eyes

"그래서 그 제안을 받아 들였단 얘기인거야? 잘 모르는 사람들이라면서? 정신이 있는 거야 없는 거야? 네가 지금 그런 데 신경 써야 할 때냔 얘기야. 빨리 회사도 알아보고 해야 하는 거 아니냐고."

나는 물끄러미 거울 만을 쳐다보고 있었고 남자친구는 혼자 떠들어 대고 있었다. 내가 이렇게 거울을 보며 무심하게 전화 받고 있다는 사실을 알면 그는 어떤 표정을 지을까?

"하지만 내가 무조건 알아보기만 한다고 해서 누가 나를 고용할지 아닐지도 모르는 상황에서 가만히 있는 것 보다는 나을 것 같아. 더군다나 보수도 괜찮게 준다고 했으니까. 그 사람들 아주 돈이 많은 사람들이니까."

남자친구에게는 좀 더 현실적으로 이야기 하는 게 납득시
키기 쉬울 때가 많다.

"또 모르지, 이번 일을 잘 하면 좋은 취직자리라도 마련
해 줄 수 있지 않겠어?"

솔직히 내가 왜 이런 대화를 하고 있는 지 알 수 없었다.
나는 거짓말을 하고 있었던 것이다. 남자친구에게는 돈 봉
투에 대한 이야기를 하지 않았다. 어차피 돌려주고 싶은 것
이었다. 또한 회장이란 노인을 만나봐야겠다고 생각한 것
역시 돈과는 아무런 관계가 없는 일이었다. 사람 사이에는
그런 보이지 않는 끈들이 존재한다고 생각하기 때문이다.
끈을 잡고 있는 손이 좋든 싫든 자기와 이어진 타인의 끈을
함부로 모른 체 해서는 안 된다는 게 내 생각이다. 가서 자
초지종을 좀 더 알아본 후에 거절한다 해도 늦지 않을 것이
며 내 자신에게 비겁하거나 후회스런 일을 만들지 않을 것
만 같았다.

"솔직히 우리가 데이트를 많이 할 시기는 아니고, 또 현
실적으로 네가 너무 바쁘니까 만날 시간도 별로 없으니까.
너만 좋다면 일을 하는 게 좋을 것 같아."

내 말에 그는 수긍하는 듯 아무런 말도 하지 않았다.

그는 내가 스무 살의 성인이 되던 해에 만나게 되었다.
언제부터 어떻게 시작되었는지조차 기억이 나지 않을 만큼

먼 기억이었고. 세세하게 기억하고 느낄 만큼 성숙하지 못
한 나날들이었다. 사실 나는 그 당시에 연애에는 관심이 없
었다. 말하자면 가슴이 비어있는 상태였다. 나는 그 빈 공간
을 과연 무엇으로 채워야 하는지 고민하고 있었던 것 같다.
학교 공부는 재미없었고, 동아리 활동도 없었으며, 취미활
동이나 관심이 있던 것도 없었다. 심지어는 나 따위에게 관
심을 갖는 남자동기나 선배도 없었다. 왜냐하면 그때 나는
뚱뚱했었다. 입학하면서부터 늘 난 그렇게 좀 더 늘씬하고
예쁜 동기들에게 밀리는 신세로 전락했다. 학교에서 난 언
제나 남자도 여자도 아닌 그런 이상한 존재였다. 모두들 나
에게 하는 이야기라고는 어서 술이나 마시지 라는 얘기였
다. 다른 여자에겐 술을 가급적이면 못 마시게 하면서 말이
다. 피부가 상한다든지 건강에 안 좋다는 등 온갖 핑계를 내
세워 그녀들을 보호하는 남자들이 한 명 이상은 꼭 있었다.
반면에 나는 아무래도 좋은 그런 존재였나 보다. 그렇기에
술이라도 마시지 않으면 나는 그 자리에 있어야 할 아무런
이유가 없는 것이었다. 그들에게 난 있어도 좋고 없어도 모
를 그런 존재였고 난 미천한 내 자리를 지키기 위해 잘 마시
지도 못하는 술을 마실 수밖에 없었다. 그러다가 어느 순간
에 몸이 더 이상 버틸 수 없을 정도가 되어 버리자 마음도
놔버릴 수밖에 없었다.

　'맞아. 너희들이 이겼어. 난 그런 존재야.'

난 내 자리를 비우고 쓸쓸하게 퇴장했다. 그리고는 내 자취방에 갇혀 살았다. 처음엔 그런 사실을 받아들이기 너무 힘이 들었다. 그래서 학교를 가지 않고 온종일 방에 틀어박혀 잠만 잤다. 오후나 돼야 일어나 쉬어빠진 김치와 계란 프라이로 밥을 겨우 때우고는 다시 이불 속으로 기어들어갔다. 그리고 또 잠에 빠졌다. 한밤중에도 일어났고 새벽에도 일어났다. 하지만 집밖으로 나가지 않았다. 이상하게도 잠은 계속 몰려왔으며 네모난 방이 너무나도 안정적으로 느껴졌다. 아무도 날 방해하지 않았고 학교친구들은 내가 강의에 나오는지 아닌지도 모르는 것 같았다. 그런 생각이 날 때면 거울 앞에 서서 한없이 울고 또 울었다. 아무도 위로해 줄 수 없는 것이라고 생각했다. 거울을 보며 흉물스럽게 앉아 있다. 내가 겪고 있는 이런 아픔 따위는 다른 사람이라면 전혀 모를 수도 있는 것들이니까. 하지만 나는 아파하고 있었다. 거울 속에는 아파하는 뚱뚱하고 머리가 떡이 져서 달라붙어버린 흉물스런 여자애가 청승맞게 울고 있었다. 우는 모습마저도 남을 웃게 만들 만한 몰골이었다. 싫었다. 숨을 쉬고 움직일 때마다 입 냄새인지 뭔지 알 수 없는 구린내가 진동했다. 그대로 난 썩어 가고 있는 지도 모른다고 생각했다. 나의 자취방은 그렇다면 나의 관이 되리라. 그렇게 꼬박 2주간을 꼼짝도 하지 않고 거의 물만 마시고 방안에서만 지냈다. 샤워도 머리도 감지 않았으며 이도 닦지 않았다. 졸려서, 너무 졸려서 아무것도 할 수 없었다. 심지어는 배도 별로 고프지 않았다. 나는 죽어가고 있었다.

그 공간이 깨진 건 지금의 남자친구 때문이었다. 그는 복학하고 과대표가 되어 있었는데 2주나 지나서야 내가 학교에 오지 않는다는 것을 알고 자취방으로 찾아왔다. 그는 내 이름을 계속 부르다가 대답이 없자 문을 두드리기 시작했다. 아마도 내가 방안에 있다고 확신을 하고 있는 것 같았다. 나는 그의 문 두드리는 소리가 시끄러웠지만 잠에 취해 전혀 움직일 수 없었다. 그저 그냥 가 주었으면 편히 잘 수 있을 텐데 하고 생각했다. 그는 30분가량이나 문을 두드리고 내 이름을 부르더니 포기하고 돌아가는 것 같았다. 계속 그것에 신경이 쓰였던지 조금은 정신이 돌아오고 있었다. 그때였다. 밖에서 뭔가를 열쇠구멍에 쑤셔 넣는 듯 한 금속음이 들려오고 이윽고 문이 열렸다. 나는 햇빛을 받은 뱀파이어처럼 열린 문으로 쏟아져 들어오는 빛을 몸으로 견뎌낼 수가 없었다. 빛에 몸이 타들어 갈 것만 같이 아팠다. 나는 이불을 돌돌 말아 몸을 감싸고 빛이 닿지 않는 어둠 속으로 숨었다. 그는 방에 들어왔다. 그리고 나를 보며 괜찮니 라고 물었다. 나는 또다시 정신을 잃었다.

달그락 거리며 그릇 부딪치는 소리에 눈을 뜨려 했으나

눈이 너무 부셔 절로 가늘어졌다. 창백한 형광등 아래였다. 소리가 나는 곳으로 목을 돌렸다. 그가 싱크대에서 설거지를 하고 있었고 방안은 이미 말끔하게 치워져 있었다. 무슨 일이 일어난 걸까? 이마 위엔 젖은 수건이 올려져 있었다.

"이제 일어났니? 어디가 많이 아팠던 거야? 전화라도 하든지 해야지. 혼자 그렇게 앓고 있으면 어떻하니?"

그는 돌아보지 않고도 내가 깨어난 것을 알았는지 그렇게 말했다. 나는 누구세요 라고 겨우 목소리를 내서 물었다.

"새로운 과대야. 네가 안 나온다고 해서 가정방문 왔지. 사실은 놀랬다. 자살이라도 한 줄 알았거든. 좀 어떠니? 아까 열이 많이 나서 정신을 약간 잃었던 거 같은데."

그렇게 말하면서 돌아서 내 이마에 손을 얹었다. 그저 보통의 복학생 선배 같은 인상이었다.

"좀 내린 거 같은데. 아마도 영양실조까지 겹친 것 같은데. 내가 죽을 사다 놓았으니까, 어때 지금 먹을래 아니면"

나는 고개를 절래 절래 흔들었다. 나는 지금 구린내가 나는 상태라는 사실이 번쩍 떠올랐다. 2주 동안이나 머리도 안 감았으며 이도 닦지 않았다. 어찌 됐거나 나는 그가 빨리 돌아가 주기만을 바랬다. 그는 설거지를 마치고 손을 허리춤에 쓱쓱 문질러 닦았다.

"그래. 괜찮은 거 같으니까 네가 먹고 싶을 때 꼭 먹고, 여기 약을 좀 사다 놨으니까 이따가 죽 먹으면 챙겨 먹고 알았지? 그리고 내일 학교에서 꼭 보자. 내가 더 있으면 네가 더 불편할 테니까. 그럼"

그는 그렇게 설거지 하듯 말끔하게 모든 상황을 종료시키고 가방을 들고 문을 안쪽에서 잠그고 밖으로 나가서 조심스럽게 닫았다.

나는 이마에 얹어있는 수건을 들어내고 몸을 일으켰다. 몸은 상당히 가벼워져 있었다. 방안을 둘러보니 그는 내가 자고 있는 사이에 구석구석을 다 치워놓은 듯 했다. 옷가지도 가지런히 정리되어 있고 과자봉지며 언젠가 라면을 끓여 먹었던 냄비, 쉬어빠진 김치그릇까지도 전부 비워 깨끗하게 설거지까지 마쳐 놓았다. 나는 화장실에 가기 위해 일어섰다. 고속 엘리베이터라도 탄 듯 머리가 핑 돌아서 나는 벽을 짚었다. 몸에 힘이 하나도 없었고 내장은 텅텅 비어버린 채 몸에 남은 것은 오직 뼈대 뿐인 것 같았다. 나는 벽에 기대어 몇 걸음 옮겼다. 어지러움이 조금 사라졌다. 한참을 변기에 앉아 소변을 보았다. 소변을 본 것도 오래 전이었다. 정말 아무 것도 먹지 않았고 용변도 보지 않았으며 스물 네 시간 중 거의 스물 세 시간은 잔 것 같았다.

변기의 물을 내리고 일어서다가 나는 뭔가 이상하다고 느꼈다. 내 몸이 내 몸 같지 않다는 것이었다. 그저 너무 오래 누워있어서 생긴 낯선 느낌이라기엔 입고 있던 티와 반바지가 너무 헐거웠으며 심지어 속옷도 남의 것을 입은 것 같았다. 나는 너무 오랫동안 뒹굴어서 옷들이 전부 늘어나 버렸다고 생각했다.

　이젠 구린내를 좀 벗어야겠다고 생각했다. 욕실엔 거울이 없었기 때문에 몰골을 확인하고 싶었지만 그냥 옷을 전부 벗고 치약을 듬뿍 짜내어 칫솔에 묻혔다. 이를 닦기 시작하자 코끝을 맴돌고 있던 구린내가 사라지고 대신 상쾌한 민트 향이 채워지는 듯 했다. 나는 샤워기를 틀어 조금 뜨겁게 물 온도를 맞추었다. 그리고 샤워기를 통해 뜨거운 비를 맞기 시작했다. 머릿속이 맑아지면서 뭔가 깨끗해지는 느낌이었다. 샴푸를 하고 린스까지 하니 머리카락 사이사이에 숨어있던 벌레들이 그대로 씻겨 내려간 것만 같아서 기분이 상쾌해졌다. 거품수건에 바디 클렌저를 듬뿍 묻힌 후 냄새야 사라져라 하고 문지르다가 나는 깜짝 놀랐다. 뱃살이 없어져 버린 것이다. 불룩하게 나왔던 배가 쏙 들어가 있었다.
　가슴을 만져 보았다. 체구에 비해 비대하리만치 늘어져 있던 비계 덩어리는 모두 빠져 나가고 손에 딱 잡히는 아담한 사이즈가 되어 있었다. 나는 그제야 내 몸이 이상하게 느껴졌던 이유를 알 수 있었다. 나는 서둘러 대충 몸을 문질러 닦고 샤워로 씻어낸 후 긴 샤워수건으로 물기만 대충 닦은 후 두르고 방으로 갔다. 전신거울을 보고 싶었기 때문이다.

거울 속에는 실로 믿기 어려운 광경이 들어 있었다. 거울 속에는 2주전의 내가 아닌 다른 사람이 들어있었던 것이다.

　하얀 샤워수건을 가슴부터 허벅지까지 덮고 있는 나는 턱선과 목선이 그대로 드러나 보이는 하얀 피부를 가지고 있었고 머리는 윤기가 흘렀다. 쇄골이 그대로 드러나 보이고 어깨는 아주 좁아 보였다. 팔뚝은 어깨와 쇄골에 비하면 두꺼워 보였지만 그런대로 봐 줄만 했다. 나는 떨리는 마음으로 서서히 수건을 풀었다. 나는 나의 나체에 그대로 반하고 말았다. 가슴도 적당했으며 운동을 한 것처럼 매력적인 모습은 아니었지만 약간 통통한 정도의 탄력 있어 보이는 배가 거기에 있었다. 허벅지는 말라보일 정도로 가늘어 졌고 엉덩이는 봉긋해져 있었다. 살이 빠져서 그런지 하체는 전체적으로 길어 보이는 것 같았다. 나는 그 자리에 주저앉아 샤워수건을 두르고 한참을 울었다. 나중에 알았지만 정확하게 15Kg이 2주 만에 빠진 것이었다. 나는 그날 다시 태어났으며 그 일로 인해 내 인생은 아주 많이 바뀌었다. 한참을 울고 나서 그가 사 온 죽을 먹고 알약 두 개를 먹었다. 그리고 2주간 내가 잠들어 있던 이불들을 밖에 내놓고 방과 화장실을 다시 청소했다. 이불장에서 새로운 이불과 베개를 꺼냈고 더 이상 맞지 않는 옷들을 방 한쪽 구석에 차곡차곡 정돈해두었다. 이젠 이런 사이즈의 옷을 더 이상 입지 않으리라. 나는 독하게 마음먹었다.

아주 깊고 편안한 잠을 자고 일찍 일어났다. 더 이상 잠은 오지 않았다. 나는 욕심에 사 놓기만 하고 입지 못했던 예쁜 옷을 입었다. 어림도 없던 사이즈가 반대로 약간 헐거운 느낌이었다. 나는 그 옷을 입고 학교에 갔다. 다시 간 학교는 2주전과는 완전히 다른 세상으로 바뀌어 있었다. 아무도 쳐다보지 않는 그런 아이가 모두에게 시선을 받는 아이가 되어있었다. 여자들은 전신성형을 받았다는 소문을 내고 다녔고 남자들은 끝없이 밥을 사겠다고 했다. 그때 내 옆자리를 차고 들어온 게 그때 그 과대표였으며 곧 남자친구가 되었다. 그리고 우린 그럭저럭 6년을 만나고 있는 것이다. 하지만 여태껏 풀리지 않은 의문점은 과연 남자친구는 내 방에 들어왔을 때 아무런 냄새도 맡지 않았느냐는 것이다. 그래서 언젠가는 물어 보았는데 그는 전혀 냄새를 맡지 못했다고 했다. 그저 얼굴이 핼쑥하고 예쁘장한 아이가 쓰러져 있어서 보살펴야 한다는 것 말고는 아무런 생각도 하지 못했다고 했다. 믿기지 않은 얘기지만 그는 거짓말을 하고 있는 것 같지는 않았다. 내가 2주 동안 전혀 씻지 않았다는 말을 해도 그는 나에게 거짓말을 하고 있다며 오히려 좋은 냄새가 난 것 같다고 말을 했다. 그런 점에서 내가 살이 빠지고 난 후 남자들의 반응은 사뭇 놀라웠다. 여자들이고 남자들이고 모두 나에게 잘 대해 준다는 점에서는 같았지만 남자들은 가히 충격 그 자체였다. 그 전의 내 모습을 전혀 기억 못하는 것뿐만 아니라 나에게 관심이 있는 남자들은 내가 어떤 행동을 해도 그들에겐 문제가 되지 않았다. 그들은 오로지 내 옆자리만을 차지하고 싶어 했다. 나의 옆자리가 그들에게 어떤, 얼마만큼의 의미가 있는 건지 나로선 알 수 없는 것이었다. 그때부터 모든 남자들은 나에게 경계의 대상이 되어버렸다. 그래서 나는 주변을 정리해 줄 사람이 필요했고 나는 과대표인 남자친구에게 내 옆을 맡겨버렸다. 뚱뚱했을 때도 불행했지만 살이 빠지고 난 뒤에도 그리 행복하다고 느끼지는 못했다. 신데렐라? 백설공주? 모든 공주들도 그랬을까?

"내 일이니까 나에게 맡겨. 네 일하기도 바쁘잖아."

그런 식으로 말하고 싶진 않았다. 나만 그런대로 고분고분하면 우리 사이에 별다른 문제가 생기지 않는다. 하지만 언제부턴가 그는 명령하듯 말했고 또 반드시 그의 생각에 맞춰주어야 한다는 식으로 말하는 게 못마땅하게 느껴졌고 심지어 내가 실직했기 때문에 그가 내 주위를 그냥 맴돌고 있는 건 아닐까 하는 위험한 생각까지 들게 했다.

"알았어. 그럼 네가 알아서 해. 분명 후회할거야. 아무튼 나중에 다시 얘기해. 난 지금 회의 들어가야 해."

무슨 코딱지만 한 회사가 매번 회의인지. 그건 그가 별달리 할 말이 없을 때 지어내는 거짓말인지도 모른다. 요즘 매

일 전화의 마지막 인사는 보고 싶다 사랑 한다 하는 말이 아
니라 회의를 들어가야 한다거나 지금 바쁘니까 나중에 통화
하자는 말 뿐이다. 분명 우리는 뭔가 잘못 되어가고 있는 것
이다. 벽에 기대어 지친 모습으로 전화기를 본다.

　　최 노인이 있는 병원은 내가 살고 있는 곳에서 비교적 가
까운 변두리 종합병원이었다. 서울대학병원의 VIP 병실을
가지고 있는 그가 왜 이런 곳에 있는지 알 수 없었다. 주변
은 재래시장이 있었고 동네는 서울이라고 하기엔 지방 소도
시 같은 분위기가 났다. 소득 수준도 아마 서울 평균소득에
도 못 미칠지 모른다. 병원은 산자락에 있었으므로 북적거
리는 상가를 지나 버스로 두 정거장 거리만큼 걸어서 들어
가야 했다. 걸으며 비서실장에게 전화를 했다. 지금 걸어서
가고 있다고 말했더니 마중을 나오겠다고 했다. 나는 그럴
필요가 없으니 입구에서 만나자고 했다. 병원 입구에 도착
하자 조그만 잔디밭이 보였고 나무들이 군데군데 서 있었
다. 그 주변으로 환자들과 보호자들로 보이는 사람들의 무
리가 드문드문 있었다. 멀리 중앙 건물로 보이는 현관 앞에
그가 서 있었다. 건물은 오래 된 건물이었고 관리 상태도 그
리 좋은 편은 아니었다. 나는 다시 궁금해졌다. 왜 최 노인
은 여기에 있는 것일까? 그 동안 폭삭 망하기라도 한 걸까?
그 정도로 건강이 좋지 않다면 뉴스에 대서특필 되었으리

라. 하긴 내가 그 뉴스를 볼 확률은 그리 많은 것 같지는 않았다. 더군다나 며칠 전 그 많은 돈을 내밀었던 걸 보면 그 정도까진 아니리라. 이런 저런 생각으로 현관 앞에 도달 했을 때 비서실장이 깍듯이 인사를 했다.

"어서 오세요. 반드시 오실 줄 알았습니다."

그는 약간 웃고 있는 듯 했다. 나는 그가 좀 더 멋진 미소를 가졌을 것이라고 확신했다.

"내가 아직 제안에 동의 한 건 아니에요. 그저 상황을 보고자 온 거에요."

나는 발끈하듯 말했다.

그는 고개를 끄덕였다.

"압니다. 하지만 당신의 마음이 움직였다면 반은 성공한 셈이죠."

나는 어깨를 으쓱이며 잘 모르겠다고 대답했다.

"자, 안으로 들어가실까요?"

그는 병원 현관문을 반쯤 열면서 나에게 말했다. 나는 고개만 까딱하고 병원 안으로 들어섰다. 현관문은 낡았고 세월을 보여주듯 군데군데 손때가 잔뜩 묻어있었다. 병원 안으로 들어서자 여느 병원과 마찬가지로 원무과와 약국의 부스와 대기자들이 앉을 수 있는 의자들이 쭉 늘어서 있었다. 현대식 병원은 그런 것들마저도 관공서나 은행 같은 대기 장소 같은 분위기였지만 이곳은 시골 역이나 터미널 대합실 같은 분위기가 났다. 당장에라도 천국행 티켓을 끊고 훌쩍 떠나 버릴 것만 같은 분위기였다. 소독약 냄새만 아니었다면 그렇게 믿었을 것 같다. 조명은 어두워서 흰색 벽이 회색에 가까운 빛을 내고 있었으며 어두운 곳에서는 당장에라도 쥐 한 마리가 튀어 나올 것만 같았다.

"이쪽입니다."

그는 나를 이층으로 안내했다. 돌로 된 계단은 좁았고 난간은 페인트를 수십 번이나 덧칠 한 나무로 된 것이었는데 나는 처음 나무의 굵기가 어느 정도였을지 궁금해졌다.

이층으로 올라와서 보니 복도 중간에 중환자실이 가운데 있었고 한쪽 방향으로는 입원실이라고 쓰여 있었으며 다른 쪽은 수술실이 있었다. 그는 중환자실 쪽으로 가리켰다. 중환자실의 입구는 복도를 올라와서 약간 오른쪽 편에 있었으며 그 정면 복도 맞은편은 보호자 대기실이라는 곳이 있었다. 비서실장은 중환자실이 아닌 대기실 앞에 서서 나를 그 안으로 안내했다.

"중환자 실은 면회시간이 따로 정해져 있습니다. 한 시간에 한번씩 10분 동안 입니다. 그 외의 시간에 들어가면 의료진들에게 실례가 될 것입니다. 이쪽으로 앉으시죠."

그는 대기실로 안내한 이유를 아주 간단하게 이야기 하고는 나에게 긴 의자에 앉을 것을 권했다. 대기실은 다섯 평정도의 공간에 가운데에는 아무 것도 없었고 입구에서 마주

보이는 벽면에 장식장처럼 생긴 가구랄 것도 없는 것이 하나 덩그러니 놓여 있었고 그 안에는 온갖 책들이 제각기 꽂아져 있었다. 그리고 장식장 위에는 20인치도 안 될 것 같은 낡은 티비가 올려져 있었다. 티비에서는 뉴스가 나오고 아나운서가 작은 소리로 염불하듯 중얼거리고 있었다. 또한 긴 의자가 양쪽 벽면을 타고 붙어있었다. 의자 아래로는 보호자들 것으로 보이는 신발과 슬리퍼가 몇 켤레 놓여 있을 뿐 소지품이나 가방 같은 것은 아무 것도 없었다. 나는 생각보다 훨씬 상황이 나쁘다고 느꼈다. 여기서 어떻게 지낼 수 있을까 하는 생각을 하며 멍하니 서 있었다. 그는 내가 정신을 차릴 때까지 같이 서서 기다려 주었다. 나는 이내 정신을 차리고 한쪽에 앉으면서 물었다.

"도대체 이건 뭐죠? 왜 회장님이 여기 계신 거죠? 제가 있었던 대학병원의 병실은 어떻게 된 겁니까? 무슨 일이라도 일어난 건가요? 솔직히 이건 너무 이해가 가질 않아요."

그는 실내였지만 여전히 선글라스를 끼고 있었다.

"회장님께서는 훌륭한 분이십니다. 저는 대학을 졸업하고부터 회장님 밑에서 일을 시작했죠. 당연했습니다. 회장님께서 저희 집을 구해주시다시피 하셨습니다. 저의 교육비부터 생활비까지 모두 회장님이 아니었다면 저는 제대로 살지 못했을 겁니다. 회장님께서는 그렇듯 언제나 남을 잘 살도록 하시고 당신은 검소하게 사시는 분이셨습니다. 회장님께서는 또한 당신이 모은 재산을 모두 사회에 환원하시고 돌아가시는 게 꿈이셨습니다. 저같이 어려운 생활고에 찌든 학생들이나 고아들, 소년소녀 가장들을 위해서 전 재산을 내놓으시려고 했습니다. 그런데.”

나는 그의 말을 가로막았다.

“자식들이 따르지 않았군요. 쉽지 않은 문제죠.”

그는 잠시 숨을 고르고선 다시 이야기를 시작했다.

“네, 아가씨 말이 맞습니다. 회장님께는 3명의 자녀를 두셨습니다. 첫 번째 사모님은 오래 전에 사별하셨고, 현재 사모님께선 사별 후 재혼하신 분이십니다. 두 분의 자녀는 첫 번째 사모님 사이에서 낳은 자제분들이시고 한 분은 두 번째 사모님께서 데려오신 자제분이십니다. 두 분의 자제분께서는 그룹 내의 각 사업부에서 대표이사 직을 맡고 계시니 앞으로 사는 데는 전혀 지장들이 없는 분들이십니다. 하지만 회장님 소유의 재산을 사회에 환원한다는 유서를 작성하려고 한다는 소식을 듣고는 모두들 미쳐 버렸죠. 실제로 몇 번의 암살 기도도 제가 먼저 발견하여 무력화했던 적도 있었습니다. 그래서 제가 대학병원에서 회장님을 빼내 비교적 안전하다고 생각하는 이곳으로 모시게 된 것입니다. 현재 회장님께서는 전신마비에 뇌에도 크게 이상이 생겨서 사람도 못 알아보시는 정도 입니다. 솔직히 가망이 없다는 진단을 이미 서울대학병원 측으로부터 들었습니다. 하지만 저는 회장님이 가시는 그날까지 모시는 게 소임입니다. 또한 회장님께서 마지막으로 부탁하신 것도 있고."

"많은 재산들이 전혀 필요 없으셨을 분이셨군요."

나는 바닥을 내려다보며 힘없이 내뱉었다. 자신의 식구들에게 쫓겨야 하는 신세라. 병원에 찾아 왔었던 최 노인의 얼굴이 생각났다. 주름 많은 얼굴에 어울리지 않던 반짝거리던 눈동자, 민방위 훈련 중이라고 해도 믿을 만큼 소박한 차림에 당당하고 견고한 목소리, 어쩐지 서글픈 마음이 들었다. 그때였다. 갑자기 한 의사가운을 걸친 남자가 대기실로 들어왔다.

"면회시간입니다. 안녕하세요."

그는 면회시간을 알리러 온 레지던트였고 비서실장에게 아는 체를 했다.

"누구시죠? 최 선생님의 숨겨놓은 손녀라도?"

그는 내 존재에 관해 비서실장에게 물었다. 나는 고개를 들어 그의 얼굴을 쳐다보았다. 그와 눈이 마주쳤지만 그는 눈을 피하지 않았다. 엘리트에게서만 나는 고급 쵸코렛 냄새가 가득한 눈빛이었다.

"이 분은 최 선생님의 간병인입니다. 앞으로 자주 보시게 될 테니 인사라도 하시죠."

나는 그때 그의 실망스럽다는 듯의 눈빛 변화를 기억했다. 그건 대학 시절의 뚱뚱했던 시절에 많이 보아왔던 그런 것이었다. 참으로 오랜만에 다시 받아보는 것이지만.

"레지던트 2년 차 서현수 입니다."

그는 손을 내밀며 소개를 했지만 그건 손이 아니라 가짜 모형의 손처럼 차갑고 딱딱해 보이는 손이었다. 아마 그대로 악수라도 한다면 몇 일간이나 손을 박박 닦아 내야만 했을 것이다. 그 오만한 소독약 냄새를.

"지수연입니다."

난 내 이름만을 소개한 후 일어나서 중환자 실로 향했고 비서실장은 곧바로 내 뒤를 따랐다. 그리고 서현수가 그 뒤를 따랐다.

중환자실은 그때가 처음이었다. 그것은 포르말린에 담기지만 않았을 뿐 생물실 한편을 장식했던 병에 담긴 표본들과 마찬가지처럼 느껴졌다. 모두들 링거 두세 개는 기본적으로 달려 있었고 붕대로 칭칭 감은 사람이며 얼굴이 다 찌그러진 사람도 보였다. 벽이며 침대 옆이며 각종 기계들이 온 몸에 호스 같은 것을 찔러 넣은 사람도 있었으며 계속해서 기계는 생명연장을 위해 돌아가고 있었다. 나는 중환자실을 한번 둘러보았지만 최 노인을 단번에 찾을 수 없었다. 한 번 본 게 전부인 탓도 있지만 처음 보는 광경에 넋을 잃었기 때문이었다. 나는 입구에서 얼어붙은 채 서있었기 때문에 다른 보호자들이 들어오면서 어깨를 몇 번 부딪치고 나서야 정신이 들었다. 어느새 비서실장은 입구에서 오른쪽 침대 옆에 서있었다. 나는 천천히 다가갔고 비서실장은 환자에게 귓속말로 뭐라고 얘기하는 것 같았다. 그리고는 병실을 나갔다. 나는 천천히 다가가면서 다른 보호자들은 어떻게 하는지 살펴보았다.

그들은 능숙하게 수건 같은 것으로 얼굴을 닦아주기도 하고 머리를 빗어주는가 하면 옷매무새를 가다듬어 주기도 하고 욕창이 나지는 않는가 살펴보고 안마도 해 주면서 파우더 같은 것을 발라주기도 했으며 소변 봉투를 버리러 나가는 사람도 있었다. 나는 그때까지도 어떻게 해야 할지 몰랐으므로 약간 불안한 걸음으로 최 노인이 나를 볼 수 있는 침대 옆까지 다가갔다. 최 노인은 비교적 양호한 편에 속했다. 링거는 두개를 맞고 있었고 간이 산소호흡기를 코에 걸어놓고 있는 것 말고는 중환자실 환자 같아 보이지 않았다. 처음 본 그때가 정확히 기억나진 않지만 그의 머리는 백발이 되었고, 살이 몹시 빠져 있었다. 하지만 무엇보다 내가 놀란 것은 그의 눈동자였다. 그것은 pale blue 빛이라는 것 말고는 설명할 길이 없었다. 검은 테두리 안에 pale blue 빛의 커다란 구멍이 생긴 것이다. 마치 개들이 시력을 잃었을 때 눈에서 빛이 나오는 것 같은 밝은 색의 눈동자가 된 것과 같은 느낌이었다. 나는 왜 그랬는지 모르지만 그 pale blue 빛의 눈동자를 보자 눈물이 왈칵 쏟아졌다. 처음 봤을 때의 그의 검은 바둑알 같던 눈동자는 이미 pale blue 빛의 바다

속으로 빨려 들어가 영원히 가라앉아 버렸다. 그리고 그 허허한 빛은 슬픔도 기쁨도 노여움도, 아무런 감정도 들어가 있지 않은 채 바람이라도 불면 훅하고 꺼질 듯이 그렇게 떨고 있었다.

"어째서……."

나는 최 노인 앞에서 아이처럼 흐느꼈다. 어째서 이렇게 되어 버린 건가요. 이런 게 마지막 모습이라면 당신은 너무 안타까워요. 식구들에게까지 쫓겨 와서는 꼴이 이게 뭔가요. 그 예전의 모습은 어디 간 거예요. 고작 이런 모습을 보이고 싶어서 내가 간병인이 되어주었으면 좋겠다고 한 거예요? 그렇게 말하고 싶었다. 원망하고 싶었다. 나의 아픔이야 당연히 아픈 거라지만 다른 사람의 불행한 모습을 보는 것도 아픈 건 매 한가지다.

갑자기 최 노인은 가슴이 불룩해지더니 푸푸 하고 입으로 공기를 내뱉었다. 나는 깜짝 놀라서 그의 얼굴을 살펴보았다. 아마도 어떤 말을 하려고 할 때 그런 식이었나 보다. 눈이 아까보다는 좀 더 커졌고 눈 끝에 눈물 같은 게 약간 맺혀있는 것 같았다. 나는 진정하고 그의 눈을 들여다보았다. 그 허무해 지는 pale blue 빛을. 그는 계속해서 푸푸거리며 눈알을 굴려댔다. 나는 그의 하나하나의 눈빛을 놓치지 않았다. 그는 나에게 말을 하고 있었다.

그는 내가 더 예뻐졌다고, 여기까지 오게 해서 정말 미안하다고, 그런데 다 너를 위한 일이기도 하니까 이해해 달라고, 조금만 나를 도와주면 좋겠다고, 그러면 내가 하늘나라에 가서도 너에게 좋은 일이 많이 생기게 해 달라고 하나님에게 한번 말해보겠다고, 그렇게 말하고 있었다. 그리고 기분이 무엇보다 좋다고, 예쁜 아가씨 병 수발을 다 받게 생겼다고 그는 좋아했다. 내 자신도 믿지 못했지만 정말이었다. 나는 들을 수 있었다.

"이것 봐요, 아가씨. 면회시간 다 끝났거든요."

뒤를 돌아보니 한 젊은 간호사가 한 명 서 있었고, 시간을 보니 15분이 넘어가고 있었다. 나는 미안하다고 하고는 최 노인에게 다음 면회시간에 다시 오겠다고 했다. 최 노인은 저 간호사가 자네를 질투하는 거라네 라고 말했고 나는 고개를 끄덕이고 애써 웃어주었다. 그리고 머리칼을 쓸어 넘기며 중환자실 병실 문을 열었다. 밖에는 비서실장이 기다리고 있었다. 나는 양쪽 손바닥을 펴서 얼굴을 비볐다.

"자. 이제 다음 면회시간까지 시간이 조금 있으니까 병원을 좀 둘러보도록 하죠. 참 식사는 하셨나요?"

나는 고개를 숙인 채 고개만 끄덕였다.

"먼저 소개시켜 줄 사람이 있습니다. 잠시 대기실로 들어가시죠."

나는 고개를 들어 대기실 안쪽을 보았다. 거기엔 한 중년 남자가 오버올로 된 작업복을 입고 있었는데 병원로고가 들

어 있는 것으로 보아 여기에서 일하는 사람 같았다. 그러고
보니 아까 면회시간에 한 환자의 얼굴을 수건으로 닦아주던
사람이었다. 나는 조용히 그를 쳐다보며 비서실장을 따라
대기실 안쪽으로 들어갔다. 그는 비서실장과 나를 보고 일
어서더니 꾸벅 인사를 하였다.

"이 분이 간병인이십니까?"

그는 왜소해 보이는 체구에 40대 정도의 나이였다. 작업
복은 기름때가 여기저기에 묻어 있었고, 그의 손은 기름때
인지 원래의 피부색인지 모를 정도로 까맣게 그을려져 있었
다.

"네 그렇습니다. 아가씨, 이분은 박 씨라고 합니다. 이곳
에서 근무하시는 분으로서 아가씨를 도와서 간병일 하는 것
을 도와주실 분입니다. 힘에 부치는 일을 하시거나 병원 일
에 대해서는 이분에게 부탁하시면 될 듯 합니다. 여기에 있
는 인터폰으로 542번을 누르면 바로 연락이 될 것입니다."

비서실장은 그의 어깨에 손을 갖다 대며 말했다. 그는 단
지 손만을 얹었는데도 금세 부서질 듯 약해 보였다.

"안녕하세요. 잘 부탁드리겠습니다. 근데 아까 중환자실
에서는……."

괜한 걸 물었다.

"아. 제 아들놈입니다. 오토바이 사고였죠. 그렇게 타지
말라고 했건만 이렇게 애비 속을 썩이는 놈입니다."

　박씨는 자식을 나무란다기 보다는 자신에게 화를 내는 것만 같았다.

　"두 분이서 잘 부탁드립니다. 저는 두 분이 계시니까 회사 일을 좀 더 신경 써야겠습니다. 아무쪼록 문제가 있으면 저에게 바로 연락 주시기 바랍니다. 아참, 그리고 두 분께는 오늘부터 정산되는 급여가 한 달 뒤부터 지급 될 것입니다. 회장님께서 얼마나 버티실 지 아직은 모르지만……."

　그는 그렇게 뒷말을 흐리고 병원을 둘러보자면서 앞장서서 나갔다. 나는 박 씨에게 목인사를 하고 비서실장을 따라 갔다. 병원은 종합병원으로 봐서는 아주 조그만 병원이었으므로 새로운 사람이 나타나도 금방 티가 날 수 있을 것만 같았다. 일층까지 계단을 통해 내려가면서 스치는 의사나 간호사들은 비서실장에게 목인사를 하였고 그 뒤에 어수룩하게 따라 가고 있는 나를 보면서 알 수 없는 반응을 보였다. 어떻게 보면 낯선 이방인을 경계하는듯한 반응 같기도 했다. 나중에서야 왜 그랬는지 알 수 있었지만.

　"지하에는 구내식당이 있습니다. 저녁 7시면 끝나게 되니까 식사를 하려면 시간을 맞추셔야 합니다. 그리고 이쪽 일층은 몇 개의 진료과들이 쭉 나열되어 있습니다. 간혹 회장님의 상태를 체크하기 위해 내려오는 경우가 있으니까 그때 간호사들이나 의사들이 어디로 가면 된다고 이야기 해 줄 겁니다. 그리고 이쪽 현관은 항상 개방되어 있으니까 밤에도 이쪽으로 출입하시면 됩니다. 그리고 저쪽 끝은 이 건물 뒤쪽으로 연결되는 곳이며 그 곳에 보일러실 같은 시설관리 하는 분들이 근무하는 곳입니다. 박 씨도 그곳에서 일하고 있습니다. 건물 3층부터 5층까지는 입원실들이 있고 다른 병동은 그다지 신경 쓰지 않으셔도 될 것 같습니다. 그리고 이걸 받으시죠.”

그는 나에게 열쇠 두 개가 같이 묶이고 자동차 리모컨 같은 게 달려있는 걸 주었다.

“이게 뭐죠?”

“하나는 바깥으로 나가서 왼편에 있는 간호사 기숙사동 205호의 열쇠입니다. 또 하나는 자동차 키입니다 번호는 3654, 리모컨도 역시 자동차 리모컨입니다. 아가씨께 배정 된 차니까 마음대로 이용하시면 됩니다. 주유는 차 안에 있 는 카드로 결제 하시면 됩니다. 질문 있으십니까?”

그는 그제야 말을 멈추고 나를 보았다.

나는 멍하니 그가 하는 말을 듣다가 깜짝 놀랐다.

“네. 아니. 대충 하시는 말씀은 알겠는데요. 저는 대체 어 느 시간에 회장님을 봐 드리면 되나요?”

그가 하는 말 중에선 확실히 내가 오전에 일을 해야 하는 지 아니면 날을 새야 하는지 말을 하지 않았다. 그는 잠시 나를 내려 보다가 건물 앞 잔디밭을 바라보며 말했다.

“ 그건 아가씨 좋은대로 하십시오. 아가씨가 하루 종일

회장님을 봐 드릴 수도 없을 뿐 아니라 저도 거기까진 생각
해 보질 않았습니다. 오전이건 오후건 아니면 새벽이건 편
한 시간에 편하게 돌봐 주십시오. 제 생각엔 아가씨는 잘 알
아서 하실듯 싶습니다. 그럼 연락 주시고 수고 해 주십시
오."

그는 인사를 한 뒤 몸을 돌려 주차장을 가리키는 안내판
쪽으로 서둘러 걸어갔다.

"난 아직 결정을 내린 게 아니라고요."

기어 들어가듯 나는 말했다. 이미 나는 이 일의 중심까지
와 버렸다는 생각이 들었다. 이제 돌아갈 수도 어떻게 해야
할 건지도 아무것도 생각할 수 없었다. 그저 최 노인의
pale blue 빛의 눈동자만 기억날 뿐이었다.

어쩔 수 없는 일들의 시작, 도망칠 수 있다고 생각하나요.

3. 우리는 계속해서 기다리고 있어요.

비서실장이 그렇게 나를 남기고 돌아서고 나는 다음 일을 어떻게 해야 할지 몰랐다. 메고 있던 백팩은 무거웠으며 빨리 여기 병원 입구에서 벗어나고만 싶었다. 두렵진 않았지만 뭔가 마음속으로 걸리는 것들이 있었다. 과연 내가 여기 있어야 하나, 무엇을 하려고 하는 것인가. 생각의 강은 어느새 넘쳐버릴 듯 출렁댔다. 알 수 없는 불안함에 남자친구에게 전화를 걸까 하다가 그만 두었다. 내가 이곳으로 오겠다고 결정하면서부터 그와 연결된 끈이 상당히 가늘어진 것 같다는 느낌이 들었기 때문이다. 그가 모르는 세계에 그가 모르는 사이에 들어왔다가 이제 다시는 돌아갈 수 없을 것 같은 그런 종류의 느낌이었다.

　　시계를 보니 면회시간까지 아직 20여분이 남아있었다.
그 동안 숙소라고 얘기했던 205호에 잠시 들러 백팩을 좀
내려놓고 와야겠다고 생각했다. 기숙사는 지방에 사는 의료
진들을 위한 곳으로 버려진 학교 같은 건물에 온통 흰색 페
인트만을 발라 놓은듯해 보였다. 건물 바깥쪽에 붙어있는
조명은 하나같이 하루살이의 무덤이었다. 그리고 안쪽에는
거미줄이 쳐있고 그 가운데는 엄지 손톱만한 거미들이 웅크
리고 자는 중이었다. 봄날에 봄과는 전혀 어울리지 않는 풍
경들을 보는 것은 이상한 느낌이 들게 했다. 쓸쓸하기도 하
고 왠지 모르게 깔끔해 보이기도 했다. 나는 건물 측면의 야
외 계단을 통해서 2층으로 올라갔다. 비서실장이나 최 노인
의 성향으로 봐서는 나에게 맨 끝 쪽의 방을 만들어 주었을
것 같았기 때문이었고 정확히 내 예상은 맞았다. 글자가 다
떨어져 나갈 것만 같이 낡은 흰색 철문에 205호라는 글자
는 마치 내가 숙소에 들어가는지 감방에 들어가는지 착각을
하게 만들 정도였다. 철컹 하는 금속음과 함께 문이 열리고
나는 또 다른 사각형 안으로 들어갔다. 안은 바깥에서 예상
할 수 있는 것과는 완전히 달랐다. 공간은 비교적 넓었으며
고급스러워 보이진 않았지만 양탄자 같은 것이 깔려 있었고
에어컨에 공기청정기까지 있었으며 입식으로 된 주방이 한
편에 있었다. 그 앞엔 식탁과 세트로 보이는 의자 두 개가
마주보고 있었으며 반대편은 창가였는데 꽤나 운치 있어 보

이는 클래식한 분위기를 내고 있었다. 햇빛이 기분 좋게 블라인드 틈을 비집고 창가 옆 침대위로 그림자를 만들어 내고 있었다. 침대는 TV 광고에서나 봄직한 킹사이즈의 침대였는데 린넨이 여러 겹으로 깔려져 있었고 그 위에 적당한 두께의 담요와 침대 머리맡엔 두개의 베게가 나란히 놓여 있었다. 침대만 보면 완벽한 신혼집 같다는 느낌이 들었다. 나는 신발을 벗고 놓여있던 슬리퍼를 신었다. 그리고 안쪽으로 더욱 들어와 보니 방안엔 이런 저런 것들이 가득 있었지만 좁아 보이지 않는 넓이였다. 내 반지하 방의 두 세배나 되는 듯 한 느낌이었다. 나는 병원의 후생이 보기보다 좋다고 생각했다. 이 정도의 구색을 갖춘 방이라면 외관이야 어떻게 보이든 그건 문제가 되지 않을 것이다. 침대에 백팩을 풀고 앉아 보았다. 편안했다. 당장 잠을 잘 수 있을 것 같았다. 몇 번을 몸을 튕겨봐도 삐걱거리는 소리가 나지 않았다. TV에서 본 광고에서 옆 사람이 침대 위에서 날뛰고 있어도 다른 사람은 흔들리지 않고 잠을 잘 자고 있는 광경이 떠올랐다. 침대는 창가로 길게 놓여 있었고 창가 끝 쪽에는 책상과 두 개의 철제의자가 놓여있었다. 하나는 책상 쪽에 하나는 책상의 옆쪽에 놓여 있었다. 그 방향은 아이가 공부를 하고 있고 엄마가 책상옆쪽에서 지켜보는 듯 한 방향이었다. 책상 위에는 스탠드가 놓여 있었다. 책상이 맞닿아 있는 벽 쪽에는 책꽂이가 길게 있었으며 그 중간 정도에는 선반식의

장식장이 있었고 그 아래에는 조금 오래되어 보이는 오디오
가 있고 양쪽 옆으로 톨보이 스피커가 서 있었다. 꽤 많은
수의 CD가 오디오 옆쪽 공간에 채워져 있었으며 다른 책꽂
이는 책들로 가득 차 있었다. 대부분은 관심 없는 것들이었
다. 나는 Julie London의 love letters CD를 꺼내어 오디
오에 넣었다. 치익하는 소리와 함께 트랙이 돌아가는 소리
가 난 후 춤곡 같은 부드러운 연주가 시작되고 차분한 그녀
의 목소리는 나를 침대에 눕히고 눈을 감게 했다. 그리고 나
는 그녀의 노래에 맞춰 누군가와 왈츠를 추었다. 그게 왈츠
인지 어떤 것인지 한 번도 춰 본 적이 없었기에 그냥 왈츠일
거라고 생각했다. 나는 그저 그 누군가에게 내 몸을 맡긴 채
그가 이끄는 대로 미끄러지듯 플로어를 날아다녔다. 그것은
기분 좋은 꿈이었다. 혹독한 겨울을 지나고 드디어 맞이하
는 봄에 햇빛 속을 날아다니는 나비의 기분일 것이다. 가벼
워진 나비, 나는 한 겹으로 된, 쉽게 찢어져 버릴 것만 같은
날개를 가진 가벼워진 나비가 되었다. 향기로운 냄새도 함
께였다.

　눈을 떴을 땐 어딘지 알 수 없는 시간개념과 공간개념이
아예 사라진 상태였다. 나는 멍하니 낯선 천장을 바라보고
있었다. 방안은 이미 어둑해졌다. 나는 이곳이 병원 기숙사
라는 것을 알아차리기 까지 한참이 걸렸다. 그건 순전히 앰

뷸런스가 지나가는 소리 때문이었다. 내가 꿈속을 헤매고 다니는 중에도 그 누군가는 목숨을 부지하기 위해 치열하게 버텨내고 있는 게 현실이었다. 나는 몸을 일으켜 블라인드를 올렸다. 창밖으로는 본관 건물의 측면과 정면이 이어지도록 보이는 각도였다. 나는 2층의 중환자실을 보았다. 레지던트와 간호사들이 조금씩 움직였으며 다른 것들은 움직이지 않았다. 정말 그림처럼 딱 고정되어 있었다. 나는 백팩을 매고 기숙사를 나서서 본관 현관 쪽으로 걸어갔다. 내 마음은 아직도 갈팡질팡하고 있었지만 이런 식의 나태함은 왠지 내 자신에게 부끄럽게 여겨졌다.

현관에서 만난 건 낮에 보았던 레지던트였다.

"간병인이라면서 어디 갔다가 온 거요?"

내가 막 그의 옆을 지나치려 했을 때 그가 내 팔목을 붙잡았다. 나는 애써 태연한 척하며 그가 잡고 있는 손과 내 팔목을 보았다. 그는 곧바로 손을 떼었다. 나는 목인사를 하고 다시 들어가려 했으나 그는 다시 내 팔목을 잡아 나를 세웠다.

"아직 면회시간 아니에요. 면회는 매시간 정각이에요."

그는 다시 팔목을 놓아주며 말했다. 기가 조금은 죽은 듯한 목소리였다. 나는 시계를 쳐다보았다. 6시50분이었다. 그는 담배를 하나 꺼내 물고 불을 붙였다. 나는 그를 쳐다보며 올라가 보는 게 낫겠다고 말했다.

"남자친구 있어요?"

그는 담배연기와 함께 생각지도 못한 질문을 던졌다. 나는 더 이상 그와 얘기하고 싶지 않았다.

"정말 올라가야겠어요. 그리고 전 남자친구 있어요. 그러니까 귀찮게 할 생각하지 마세요. 안녕히 가세요."

나는 그가 나를 다시 붙잡지 못하게 몸을 재빨리 돌려 현관으로 들어왔다.

"여기까지 보낼 정도의 남자친구면 갈아 치우지 그래요?"

그는 나를 잡는 대신 비꼬듯 중얼거렸다.

나는 그가 하는 말을 들었으므로 고개를 휙 돌려 그를 노려보았고 그는 담배를 이빨로 문 채 씩 웃으며 두 손을 어깨 위치까지 올려 항복한다는 뜻으로 손바닥을 보였다. 저런 종류의 남자들의 허세는 항상 봐 왔던 것들이었다.

계단을 올라 환자 보호자 대기실에 들어섰다. 박 씨가 구석에 앉아 있었고 긴 의자에는 사람들이 빽빽하게 들어 차 있었다. 아마도 퇴근 후에 가족을 보러 온 사람들 같았다. 박 씨는 일어나서 내게 자리를 양보했고 나는 괜찮다고 숙소에서 잠깐 잠이 들었다고 했다. 사람들은 새롭게 등장한 나에게 시선을 고정시키고 무언가 수근 대는 것 같았으나 알아들을 수 없어서 그냥 다른 얘기들 일거니 하고 무시해 버렸다.

곧 한 간호사가 면회시간을 알려왔다. 사람들은 통근 지하철 문이 열리고 그곳으로 빨려 들어가 듯 아무 표정, 아무 말도 없이 익숙하게 안으로 들어갔다. 박 씨도 일어나서 들어가실까요. 하고 나를 앞장 세웠다. 복도와 대기실은 조명이 형편없었으므로 중환자 실은 마치 다른 공간 같은 느낌이었다. 낮에는 무겁기만한 침묵 속의 미세한 기계음밖엔 느낄 수 없었지만 다른 공간이 어두워지고 이 공간만이 밝은 조명 속에 있게 되니 여긴 구원의 공간 같았고 이유 모를 희망 비슷한 감정이 일기까지 했다. 환자들도 식구들을 볼 수 있는 시간이라서 그런지 훨씬 표정이 밝았다. 집에 돌아오는 남편이 되었고 학교에서 돌아온 자식의 모습이 되었다. 오직 의식 없는 몇몇의 환자들만이 외로운 한숨을 몰아쉬고 있었다. 나는 그들 중의 한 사람인 최 노인에게 다가갔다. 그는 눈을 동그랗게 뜨고 있었는데 그의 눈동자는 처음 봤을 때보다는 그래도 익숙하게 느껴졌다.

"저 왔어요. 기다리셨어요?"

나는 조금 망설이다가 목소리를 내어 최 노인에게 물었다. 그는 약간 눈동자를 움직여 나를 바라보았다. 아니네. 어떤가. 숙소는 마음에 드는가? 내 비서실장에게 부탁해 놓은 건데 마음에 들었으면 하는데. 그가 눈으로 말했다.

"여러 가지로 고맙습니다. 몸은 좀 어떠세요?"

나도 모르게 손을 뻗어 그의 퉁퉁 부은 손을 붙잡았다.

나이를 먹으면 어쩔 수 없지 않겠나. 여러 사람 귀찮게만 하고 말이지. 이렇게 누워있으니까 폼이 영 안 나는데 보여주기 싫어도 어쩌겠나. 내 처지가 이런 걸. 예쁜 아가씨를 앞에 두고도 손가락 까닥 못하니 말일세. 그는 그렇게 말하고 웃었다. 물론 눈으로만.

"여전히 멋있으세요. 처음 뵈었을 때도 그렇게 느꼈거든요. 소박하시지만 멋있는 분이시라고요."

나는 이내 눈시울이 뜨거워졌다. 나는 이제 얼마 남지 않은 거 같다네. 다행스러운 것은 이렇게 바쁘지 않은 생활을 하게 되었으니 정리할 시간이 많이 남은 거나 마찬가질세. 내 마지막 정리를 좀 도와주지 않겠나. 그는 간절한 눈빛으로 나에게 부탁했다.

"마지막 정리라니요. 어서 빨리 툭 털고 일어서야지요."

나는 잡은 손에 힘을 주었다. 눈동자 안의 pale blue 빛 호수가 더욱 커지며 그는 말했다. 언젠가는 모두가 거치는 일일세. 나만이 피해간다는 건 있을 수도 없고 있어서도 아니 되네. 다만 어떻게 정리하고 끝을 맺느냐가 나에겐 남겨진 중요한 일일세.

"그만 하세요. 그럼 제가 회장님 돌아가시는 걸 봐야 한다는 거잖아요. 그런 건 싫어요."

나는 그의 손 위로 엎드린 채 아이처럼 울었다. 그리고 그는 아무 말도 하지 않았다.

"그만 나가시죠."

박 씨였다. 그는 손수건을 내밀어 주었고 나는 눈물을 닦고 최 노인을 바라보았다. 아무런 동요 없는 눈동자는 나에게 걱정 말고 그만 울라고 말해주었다. 나는 박 씨의 팔을 붙잡고 겨우 중환자실을 나올 수 있었다. 너무나 힘이 들었다. 대기실에 들어가 의자에 앉아서 한참을 멍하니 있었다. 박 씨는 내 맞은편에 앉아서 가만히 나를 지켜보고 있었으며 다른 보호자들은 면회시간이 끝나고는 다시 대기실로 들어오지 않았다.

"우리 아들 녀석이 그러는데 아가씬 특별하다더군요. "

박 씨가 혼잣말로 이야기하듯 말했다.

"네?"

대기실은 그와 나밖에 없었으므로 그 소리는 명백하게 들을 수 있었다. 하지만 어떤 의미인지 알 수 없었다.

"녀석이 오랫동안 중환자실에 있었지만 아가씨처럼 식물인간과 이야기를 할 수 있는 사람은 처음 봤대요. 의사건 간호사건 보호자건 식물인간이 되어버린 환자와 이야기를 하는 사람은 없대요. 그저 측은해 하고 치료하고, 어떤 경우에는 빨리 어떻게 하는 방법이 없느냐고도 묻는 사람들이 있다나요. 그런데 아가씨는 정말로 그 분과 이야기를 한 게 맞대요. 아가씨가 처음 회장님을 뵙고 나가셨을 때 회장님은 제 아들과 눈을 마주치셨다는 군요. 이거 보라고 말입니다.

아들이 그러더군요. 오래 같이 있는 환자들 사이에서는 눈빛만 보아도 느껴지는 뭔가가 있다고 말입니다.”

나는 풋풋한 고등학생이 자랑하듯 얘기하는 장면이 떠올라 슬며시 미소가 번졌다.

“귀여운 아이로군요. 아드님은 괜찮은가요?”

“네 두어 달 정도 되었는데 온몸의 뼈가 다 으스러진 거나 마찬가지라더군요. 죽지 않은 게 얼마나 다행인지 몰랐습니다. 지금은 입만 살아서.”

그는 한숨을 푹 쉬었다.

“그래도 어리니까 빨리 회복될 거예요. 힘내세요.”

그때 한 간호사가 대기실로 들어왔다. 박 씨는 이만 가보겠다고 하고 나는 인사를 나눴다. 간호사는 자리를 뜨는 박 씨에게 인사를 하고 앞쪽으로 와서 서서 송 간호사라고 소개했다. 그녀는 이제 막 전문학교를 졸업한 학생처럼 보였다. 수수해 보이고 착해 보여서 중환자실과는 왠지 어울리지 않았다. 수술자국만 봐도 꺅! 하고 소리를 질러 댈 것만 같았다.

“무슨 일이시죠?”

나는 그녀를 올려다보았으나 그녀는 키가 작은 편이었으므로 목이 아플 정도는 아니었다. 그녀는 우물쭈물하며 말하기를 꺼려하는 것 같았다.

“저. 저기. 최 선생님 간병인이라고 들었어요.”

그녀는 꽤나 망설이며 이야기를 했고 말을 다 맺기도 전에 아니에요 죄송합니다. 하고는 대기실에서 도망쳐 버릴 듯 한 모습이었다.

"네. 맞아요."

난 최대한 말을 아껴야 그녀가 빨리 얘기할 것 같았다. 그녀의 예상에 빗나가는 말을 내가 뱉는다면 그녀는 그 자리에서 얼어붙어 버릴 것이다.

"그러니까. 저 꽃바구니 말이에요. 저번에 그 양복 입고 선글라스 끼신 분이 항상 저에게 주셨거든요. 중환자실에는 꽃을 들여 놓을 수 없는데 대기실에 놓거나 그냥 버리기엔 너무 아깝잖아요? 그래서 그 분이 버리려고 했을 때 제가 가져가도 되겠냐고 물었고 그분이 그래도 좋다고, 앞으로 계속해서 가져가도 좋다고 하셨거든요. 단지 같이 배달되는 편지만을 전해 주면 된다고 그러셨어요. 그래서 항상 제가 그 꽃바구니는 가져가고 편지는 뜯지 않고 그 분에게 전해 드렸어요. 보니까 오늘 또 저렇게 배달되었어요. 그래서 간병인이시니까 새로 양해를 구해야 될 거 같아서요……."

그녀는 뒤죽박죽 설명을 늘어놓아 나는 처음엔 무슨 소리인지 몰랐다가 그녀가 가리키는 방향에 꽃바구니가 놓여 있었고 그 안쪽으로 편지봉투가 하나 꽂혀 있는 것을 보고 조금 이해하기 시작했다.

"그러니까 계속해서 꽃바구니 가져갔다는 이야기고, 앞

으로도 계속 가져가도 되겠냐는 말이네요? 도대체 꽃바구니 어디다 쓰죠?"

나는 몸을 앞으로 숙이고 그렇게 말하고선 그녀를 쳐다보았다. 그녀는 미안함과 무안함에 어쩔 줄 몰라 하고 있었다.

"저희 어머니… 병실에 놓아 드렸어요."

그녀는 고개를 떨어뜨리며 모기 같은 소리로 말했다. 나는 전혀 그럴 마음이 없었는데 상처를 건드린 것 같아 미안해졌다.

"미안해요. 난 단지 궁금한 걸 물었을 뿐이에요. 오해는 마세요. 그리고 꽃은 누구에게서 배달된 건지 모르지만 중환자실에 놓지 못하는 거라면 송 간호사님이 가져가셔도 좋아요. 어쨌든 저에겐 필요 없는 거니까요."

그러자 그녀는 금세 어린 대학생의 예쁜 미소를 보이며 고맙습니다. 고맙습니다. 하고는 거듭 고개를 숙여 인사를 했다. 나는 같이 인사를 하고 그녀가 내밀어 준 편지봉투를 받아 들었다. 그 때 느낌은 참 이상한 것이었다. 빨간색의 봉투를 보자마자 투우사가 흔드는 새빨간 천을 보고 달려들 것만 같은 그런 느낌이었다. 빨간색이 그러한 심리적인 효과가 있는 것은 사실이었으나 이런 장소, 이런 시간이란 건 생뚱맞음. 그 자체였다. 그녀는 꽃바구니 들고 나에게 다시 목인사를 하고 대기실을 나가 계단이 있는 방향으로 뛰어갔다.

나는 잠시 예쁜 딸이 꽃바구니 들고 엄마 병실을 찾는 광
경을 떠 올렸다. 엄마에겐 딸의 건강한 미소가 더욱 예쁘게
보일 것이다. 엄마는 뭐 이런 걸 돈을 주고 사왔냐며 마음에
도 없는 말로 딸을 나무랄 것이다. 그러면 딸은 엄마 딸이
이런 것도 못 해 줄 거 같아? 하고 엄마에게 허세를 늘어놓
을 것이다. 그런 허세와 마음에도 없는 타박은 생각만 해도
아련한 것이다. 나는 그녀가 사라진 입구 쪽의 복도를 한참
이나 바라보았다. 그리고 문득 손에 들린 편지봉투가 느껴
졌다. 누구에게서 온 것일까? 봉투를 살펴보니 한쪽 구석에
영감님께 라는 글자가 보였다. 또박또박한 글씨. 어디선가
낯이 익은 글씨체 같기도 했다. 나는 봉투를 뜯어볼까 하다
가 그만 두었다. 편지는 받는 사람에게만 읽혀야 의미가 있
는 것이다.

　나는 편지봉투를 한쪽에 밀어놓고서 등받이 쪽에 몸을 갖
다 붙였다. 눈을 감고 기지개 피듯 몸을 쭉 펴보았다. 대기
실에는 아무도 없었고 보이지 않는 복도 저편에서 바쁘게
움직이는 발걸음 소리와 그 소리에 맞춰 금속이 서로 부딪
치는 소리가 들려올 뿐이었다. 남자친구로부터 문자도 오지
않았고 비서실장도 박 씨도 없었다. 그러고 보니 며칠 사이
에 실로 여러 사람에게 부대끼고 있었다는 생각이 들었다.
그리고 여기에 앉아 있게 되었고 암묵적으로 꽤 오랫동안
이 중환자실 그리고 대기실이나 숙소에서 많은 시간을 보내

야만 할 것이다. 이곳에서 내게 의미 있는 일이 무엇일까 생
각해 보았지만 머리만 더욱 아플 뿐이었다. 대기실 입구 쪽
을 바라보며 중환자실에 누워있는 최 노인을 생각해 보았
다. 그가 생을 마감할 때까지 그를 간병하며 그가 마련해 준
숙소에서 느긋하게 음악이나 들으면서 그가 준 생활비를 탕
진하며 생활할 수 있을 것이다. 아니면, 최 노인을 간병하는
일에 최선을 다해볼 수도 있을 것이다. 그러면 행여 나에게
좋은 취직자리가 생길 지도 모르는 일이다. 혹은 이쪽 일을
마무리 짓는대로 남자친구에게 다시 돌아갈 수도 있다. 이
쪽에서 챙겨주는 돈을 그대로 잘 모아다가 결혼자금으로 써
서 빨리 결혼해 버릴 수도 있다. 나에게 어떠한 변화도 생기
지 않는다면 그런 길로 자연스레 흘러갈 것이다. 어쩌면 그
것이 내가 가장 우려하고 있는 일인지도 모른다. 그 어느 것
도 이곳에서의 생활을 포기할 만한 중대한 일이란 건 나에
게 없다. 이것은 반드시 내가 겪어내야 할 운명적인 일일지
도 모른다.

"어느 환자분 보호자이신가?"

나는 깜짝 놀라서 소리가 들려오는 입구 쪽을 바라보았
다. 그곳엔 하얀 가운을 걸친 60대 정도의 의사가 서 있었
다. 아마도 지나가던 병원 의사 중의 한 명일 것이다.

"네. 최 선생님 간병인 입니다."

나는 자세를 고치고 무심결에 일어서며 대답했다. 하지만

그는 갑자기 얼굴이 굳어지면서 나를 빤히 쳐다보았다. 그의 표정엔 아주 약간의 경멸과 아주 조금의 연민이랄 수 있는 것도 들어있었다.

"그렇단 말이지? 어휴, 죽을 사람은 그저 빨리 죽어야 하는데……"

그는 뒷부분의 말을 중얼거리듯 흘렸지만 분명하게 들렸다. 그것은 적잖이 충격적인 이야기였다. 의사가운을 입은 사람이 간병인이 가족일 수도 있을 텐데 저런 말을 하다니 도저히 믿기지 않았다. 그는 내가 바라보는 시선을 외면하고 몸을 돌려 입구 중환자실 쪽으로 발길을 옮겼다.

"자 면회시간일세. 들어가 볼까?"

그는 중환자실 문을 열고 들어갔다. 나는 옆에 두었던 편지봉투를 백팩을 열어 집어넣고 그를 따라서 중환자실로 들어갔다. 그는 다른 환자 침대 쪽에 서 있었으며 그의 뒤로 모든 간호사들이 일렬로 늘어서 있었다. 그는 차트를 보며 간호사들에게 무언가를 말했고 환자에게도 무엇인가를 말했다. 설마 빨리 죽어달라는 이야기는 아니겠지. 최 노인은 눈을 감고 있었다. 손을 뻗어 그의 코 밑에 손가락 하나를 펴 보았다. 숨을 쉬고 있었다. 아마도 잠에 빠져 있으리라. 의사 가운을 입은 그 남자는 다른 환자들을 차례로 돌며 똑같은 지시와 안부를 묻는 듯 했고 이윽고 최 노인의 침대 앞까지 다다랐다.

"차트를 보니 몇 년은 버틸 것 같은데……. 지독하게 명이 길군. 링거에 뭐라도 넣어야 빨리 보낼 수 있으려나……."

그는 또 제멋대로 지껄이고 있었다. 뒤에 잠자코 서있던 간호사 중 나이가 제법 있어 보이는 간호사가 얼굴이 빨개지면서 어쩔 줄을 몰라 하며 말했다.

"원장 선생님, 보호자분 계시잖아요."

하지만 그는 내가 보이지도 않는 듯 뒤를 돌아 간호사에게 내가 무슨 틀린 말이라도 했는가 라고 말하고 그녀는 그저 고개를 끄덕이며 수긍을 했다. 나는 납득이 되지 않는 상황을 어떻게 받아들여야 할 지 몰라서 그저 빤히 원장 선생님이란 사람을 쳐다보고만 있을 수밖에 없었다.

그는 다른 환자들을 둘러보며 헛기침을 몇 번 하고 나서 차트를 덮었다. 그리고 나를 한번 힐끔 보더니 간호사들을 향해 수고하라는 말을 남긴 채 중환자실을 떠났다.

나는 그가 나간 문을 한참이나 보고 있었다. 간호사들은 그제야 한숨을 쉬며 긴장을 풀었고 환자와 다른 보호자들도 마찬가지였다. 기묘한 모습들이었다. 그리고 내가 고개를 돌려 최 노인을 보았을 때 그는 언제 잠에서 깨어났는지 눈을 동그랗게 뜨고 있었으며 pale blue 빛은 그의 내부로부터 나오는 빛에 의해서 형광 빛에 가까운 빛을 내고 있었다. 하지만 그 눈빛 말고는 내게 아무런 말도 들려오지 않았다.

무슨 생각에 잠겨 있는지 혹은 잠이 아직 덜 깼는지 그는 허공만 멍하니 바라보았다.

"선생님, 괜찮으세요? 아무래도 집에 잠시 들러서 옷가지들을 챙겨 와야 할 거 같아요. 가급적 빨리 돌아올 테니까. 다음 면회시간에 안 보이더라도 서운해 마세요."

"……."

그는 역시 아무런 대꾸를 하지 않았다. 나는 왠지 그를 방해하고 있다는 느낌이 들어 그만 일어나는 게 좋을 것 같다고 생각하고 그럼 다녀오겠습니다 라고 인사를 하고 돌아섰다. 내가 문을 완전히 빠져나가는 그 순간까지도 그는 그렇게 꿈쩍도 하지 않고 있었다. 무엇을 기다리기라도 하는 것일까? 갑자기 그는 한 시간 남짓한 시간 동안 딴 사람이 되어 버린 것 같았다.

"저기요."

내가 계단을 막 내려가려는 참에 뒤에서 부르는 소리를 들렸다. 아까의 송 간호사였다. 그녀는 역시 수줍어하는 모습으로 뭔가를 말하려는 듯 우물쭈물 거렸다.

"저기 원장 선생님이요. 너무 기분 상해하지 마세요."

"무슨 말이죠?"

그녀는 마치 죄 지은 자기의 아버지를 미워하지 말아 달라고 부탁하는 양 말했다.

"저도 들은 얘기이지만 최 선생님과 원장선생님은 젊으

셨을 적부터 친 형제처럼 지내시던 아주 절친한 사이였대
요. 그 일이 있기 전까지는 말이에요."

그녀는 고개를 숙였다.

"그 일이라뇨?"

"아무 것도 모르세요? 아! 그럼 제가 괜한 이야길 꺼냈나
봐요. 죄송합니다."

그녀는 화들짝 놀란 얼굴로 내 얼굴을 살피고는 꺼내놓은
화제로부터 도망치려 했다. 나는 그녀의 손목을 붙잡고 물
었다.

"무슨 일이 있었죠? 저는 가족도 아니고 간병인일 뿐이지
만 알고 싶은데요. 그리고 알아야만 할 것 같아요."

그녀는 두리번거리며 주위를 살피고 목소리를 낮춰서 이
야기 했다.

"오래된 이야기지만 원장 선생님 사모님이 최 선생님과
눈이 맞아 원장선생님을 버리고 최 선생님과 결혼을 했대
요. 세 사람 사이에 어떤 일이 있었는지는 아무도 모르지만
어쨌든 일은 그렇게 되었고 두 분은 철천지 원수가 되신 거
예요. 근데 어쩌다가 최 선생님께서 원장님 병원에 오시게
되었는지는 몰라요. 그래서 최 선생님은 껄끄러우신 듯 매
번 원장선생님께서 마지막으로 회진 하시는 퇴근시간에 항
상 주무시는 척 하시는 거예요. 저도 처음엔 잘 몰랐지만 매
번 저렇게 원장선생님의 욕지거리를 듣고 나서 선생님께서

떠나시면 번쩍하고 눈을 뜨신다니까요. 원장 선생님도 그렇게 함부로 말씀하시는 분이 아니신데, 아무래도 그 일로 인해서 돌이킬 수 없는 사이가 되어버린 것 같아요."

그녀는 연예인의 스캔들을 이야기 하듯 약간은 들떠서 이야기 하였다. 생사를 오가는 중환자실에서 근무한다는 것은 그렇게 큰 일들을 아무렇지도 않게 생각할 수 있게 하는 것일지도 모른다. 아니면 우리는 모두 마찬가지로 남의 일들은 아무래도 좋은 것으로 받아들이는 게 아닌지.

"제가 너무 주책없게 떠들어 댔나봐요. 죄송합니다. 어쩌다 보니 저도 모르게…"

그녀는 상당히 미안해했지만 무엇에 미안한 건지는 생각해 낼 수 없었다.

"괜찮아요. 제가 알아두면 좋은 이야기였어요. 그럼."

그녀는 가볍게 나에게 고개를 숙였고 돌아서는 모습이 마치 임금님 귀는 당나귀 귀라고 외치고 돌아서는 것 같았다. 그 두 사람. 아니 세 사람에게는 그 때, 과연 무슨 사연들이 있었을까? 내가 알고 있는 최 노인의 모습에서 그들이 그런 일들을 겪었으리라고는 상상이 되질 않았다. 하긴 사람 속만큼 알 수 없는 일들은 없는 법이니까. 만약 그렇다면 과연 최 노인을 믿어야 하는 것일까? 갑자기 머릿속이 복잡해져 왔다. 왠지 지독히 재미도 없는 연극 무대 한쪽에서 단역 배우로 뻘쭘하게 서 있는 것 같다는 느낌이 들었다. 이 일에 말려들기 전에도 마찬가지였지만 말이다.

비서실장이 말한 자동차는 검은색의 보급형 SUV 였다. 마일리지가 일만 킬로도 채 되지 않는 새차였다. 차의 문이 닫히면서 나는 또 다른 공간에 갇힌 듯 느껴졌다. 무거운 밤의 천막을 헤드라이트로 가르며 출발하자 오디오에 끼워져 있던 CD가 플레이 되었다. Shelly의 높은 목소리는 Do you know where I'm going to 라고 내게 물었고 나는 흥얼거렸지만 정작 나는 어디로 가야 할 지 몰랐다. 그저 밤에 흐르는 선율을 따라서 목적 없이 떠돌았다. 나의 반 지하 집으로 가려고 나왔는데도 그 길은 너무나도 멀리 떨어져 있는 것만 같았다. 이미 나와는 상관없는 일들의 중간에 나는 있었던 것이었고, 과거로 돌아가는 것만큼이나 나의 이전 생활은 멀어져만 가는 것처럼 느껴졌다. 휴대폰의 문자 알림 소리가 나고 나는 운전을 하며 가방에서 솜씨 있게 휴대폰을 꺼내 문자를 확인해 보았다.

어디야?

남자 친구였다. 정확히 세 글자와 물음표 그게 전부였다. 나는 남자친구가 과연 자신의 여자 친구에게 말하고 싶은 것이 과연 세 글자뿐일까 하는 생각을 해 보았다. 문자 확인

창의 나머지 하얀 공간은 너무나도 광활해 보였다. 나는 그냥 휴대폰을 조수석 쪽에 던져 놓고 집 쪽 방향으로 핸들을 꺾었다. 그는 항상 바쁘다는 핑계로, 그리고 가장 가까운 사람이라는 이유로 문자의 내용을 함축시켜 버린다. 때로는 그것 때문에 오해가 생기기도 했다. 말하자면 내가 잘 알지 못하는 내용을 거시기라고 말하는 것과 같은 이치다. 그러면 나는 무엇을 말하고 있는지 알지 못하는 때가 많으며 왠지 내가 모른다는 사실을 남자친구에게 들키기 싫었기 때문에 거짓으로 그 내용을 알고 있는 척 했다. 대화중에 그 내용을 알게 되는 경우가 많았지만 결국은 모르는 채 다른 얘기로 넘어가는 경우도 더러 있었다. 특별히 그것이 문제가 되었던 적은 없었지만 나는 그런 일이 있을 때면 계속 꺼림칙한 기분이 들었다. 하지만 그것은 영원히 돌아오지 못한 이야기가 되어 버렸다. 그렇다면 서로가 하는 얘기들 중에서 어느 정도가 중요한 이야기가 될 것이며 중요하지 않은 일에 우리는 얼마나 우리를 소모하고 있는 것일까? 남자 친구의 세 글자 문자를 보며 나는 곧 그것이 두 글자가 될 것이며 또 언젠가는 부호만 남게 될지도 모른다고 생각했다. 전화기가 울려 댔으나 나는 받지 않았다. 아마도 남자 친구일 것이다. 그는 정확하게 내가 답장을 할 시간을 계산하고 나서 전화를 한다. 보통은 15분 정도였다. 어떤 일이 있어도 그 15분 이라는 시간 안에는 내가 문자를 확인하고 대답을 해야 한다고 생각하는 그였다. 그리고 문자가 없으면 곧바로 전화를 하고, 전화를 받지 않으면 10분 간격으로 다시 전화를 한다. 나는 왜 그가 그토록 바쁘다고만 하는지 몇 번의 경험을 통해 알 수 있었다.

차는 골목이 시작되는 곳의 큰길가에 세워두기로 하고 백팩을 메고 걸었다. 그는 계속해서 10분마다 전화를 하고 있었고 나는 아예 진동모드로 바꿔 놓았다. 나는 내가 할 이야기를 함축시킬 수가 없었고 지금 할 수 있는 얘기들은 그에게 받아들여질 것 같지도 않았다. 골목은 이미 차가워진 음식물 쓰레기 냄새를 내고 있었다. 나의 반 지하 집은 못 본 사이에 조금 더 땅 밑으로 꺼져 버린 듯 한 모습이었고 사람 냄새가 조금도 안 나는 것처럼 느껴졌다. 나는 편안한 옷가지들을 여행용 가방에 넣고 화장품 가방과 쓰고 있던 욕실 용품들을 모조리 다른 가방에 챙겨 넣었다. 오랫동안 비울 것을 대비해서 가스 밸브도 잠궜고 모든 전기 코드를 뺐다. 냉장고 안의 것들까지 치우기에는 시간이 너무 오래 걸릴 것 같아 그냥 두기로 하고 먹다 남긴 음식물은 밖으로 치워 버리고 끓여 놓은 물도 모조리 버렸다. 생명감을 잃어버린 방은 그대로 차가워지고 있었으며 나는 서둘러 집을 빠져 나가는 게 낫겠단 생각이 들었다. 가방을 끌고 문 밖으로 나왔을 때 바로 앞에 남자친구가 서 있었다. 아마도 전화를 하며 이쪽으로 오고 있었나보다. 전화를 받지 않아서 무척이

나 화가 난듯 했다. 그는 화가 났을 때 말 수가 아주 적어졌
는데 그런 모습을 대할 때마다 그 생경한 분위기가 싫었다.
그리고 그는 언제부턴가 이렇게 메마른 모습으로 나타났다.
기대도 하진 않지만 시들어 빠진 장미 한 송이조차 들려있
던 적이 없을 정도로.

"어 왔어?"

나는 미안해하지 않으려 노력하며 물었다.

"……."

그는 역시 말이 없었다. 무슨 생각을 하고 있을까?

"회사 바쁘다며 웬일이야?"

나는 아무렇지 않게 가방을 끌며 그에게 다가갔다.

"짐 좀 정리해 가려고 왔어. 그쪽에서 병원에 숙소를 마
련해 주어서 당분간은 집에 없을 거야. 술 먹었니?"

그는 조금 취해 보였다. 그는 피식하고 쓴 웃음을 지어
보였다. 나는 그게 어떤 의미인지 안다. 그 동안 나를 만나
오면서 그는 자기 마음대로 움직여 주지 않는 내 행동을 보
면 그런 표정을 짓곤 했다. 그는 지금 내가 하는 것들이 마
음에 들지 않는 것이다.

"네 마음대로 다 하겠다 이거야?"

그는 조금 언성을 높여 내게 물었다. 나로서는 무엇이 잘
못됐고 그가 그런 말을 하는 이유도 알 수 없었다.

"취했구나. 집에 들어가서 쉬어. 내 일은 내가 알아서 잘

할 테니까. 나중에 시간 있을 때 차근차근 얘기하자.”

나는 그를 진정시키려 최대한 차분하게 이야기 했다.

“……”

그는 한동안 아무런 말도 없이 나를 노려보기만 했다. 차라리 나는 그가 가지 말라고 단호하게 나에게 이야기하는 편이 나을 것 같다고 생각했다. 하지만 그는 아무런 말도 없었다. 6년 이상을 그는 그런 식이었다. 그는 나에게 아무런 말을 할 권리가 없는 사람처럼 굴었다. 그저 내 옆자리를 지키고 있을 뿐.

“갈게. 빨리 집에 들어가. 전화할게.”

경험상으로는 이런 상황에서 제대로 된 대화를 했던 적이 없었다. 그는 아무런 말도 하지 않았고 내가 어떠한 결론을 내려야만 그제야 대화가 이뤄질 수 있었다. 그는 왜 그래야만 할까? ‘너 마음대로 다 하겠다 이거야?’ 그의 말만이 머릿속에 메아리 쳤다. 그는 나를 붙잡지도 않았고 그렇다고 욕지거리를 늘어놓지도 않았으며 나를 따라오지도 않고 그 자리에서 돌이 된 듯 멈춰 서 있었다. 나는 두어 번을 뒤를 돌아보았지만 여전히 그는 그 자리에 선 채로 담배를 피워 대고 있었지만 내가 걷고 있는 방향 쪽은 쳐다보지 않았다. 갑작스럽게 그가 아주 낯설게 느껴졌다. 심지어는 그가 담배를 피웠었던가 하는 정도였다. 정말 기억나지 않았다.

　　숙소로 돌아올 때까지 남자친구에게서 다시 전화가 걸려오진 않았다. 나는 짐을 숙소에 갖다 놓은 채 곧바로 중환자 대기실로 향했다. 병원의 밤은 그것이 죽음의 그림자라고 해도 믿을 만큼 기묘한 분위기의 어둠이 있었다. 형광등 불빛은 충분하지 않았으며 몇몇의 잠을 못 이루는 환자들은 금방 일어난 좀비처럼 느릿느릿 움직이고 있었다. 생명감이 느껴지는 소리는 어디에도 없었고 다만 때 이른 날파리들이 현관에 매달려 있는 방충등 불빛에 달려들었다가 타다닥 소리를 내고 있었다. 로비 중앙에 덩그러니 놓인 텔레비전은 아주 작은 소리를 내고 있었고 몇몇의 보호자들이 최면에 걸린 듯 모니터를 응시하고 있을 뿐 내가 들어오는 것에 반응을 보이는 사람은 아무도 없었다. 비교적 2층의 중환자실 복도는 오히려 한밤중이 더 밝은 듯 했다. 그것도 중환자실과 대기실 정도일 뿐 몇 발자국을 지나치면 까만 장막을 쳐 놓은 듯 어둠 속이었다. 나는 휴대폰을 꺼내 시간을 살펴보았다. 새벽 1시 30분. 아무런 메시지도 전화도 없었다. 그리고 대기실에도 아무도 없었다. 아무도 없는 대기실은 비정상적으로 밝았으며 길게 늘어져 있는 벤치 같은 긴 의자는 낮에 느꼈던 것보다 훨씬 더 딱딱하게 굳어져 있었다. 아무런 발자국 소리도, 사람들의 인기척도 없었으며 심지어는 시계까지도 아무런 소리를 내지 않고 물 위를 떠다니듯 초침이 움직였다. 오늘까지 일어났던 일련의 사건들과 사람들이 빛 갈림이 되어서 흰 벽에 반사되고 반사되어 내 주위를 맴돌고 있었다. 그것은 눈을 감아도 마찬가지였다. 빛의 잔상이 어지럽게 돌아다니고 있었다. 송 간호사가 부르지 않았다면 그대로 눈앞에서 빛이 끊임없이 산란대고 있는 공간에서 헤어 나오지 못했을 지도 모른다.

"이 시간에 돌아오신 거예요?"
현실이 아닌 것 같은 그녀의 목소리에 눈을 떴다.
"네. 간병인이니까요. 최 선생님은 어떠신가요?"
나는 자세를 고쳐 잡으며 말했지만 감각들은 아직도 돌아오지 못하고 있는 것만 같았다.
"중환자들은 당장 호전되거나 하는 건 아니에요. 아주 많은 인내심을 필요로 하죠. 조금 호전되시면 일반병동으로 옮겨지시거나 아주 나빠지시는 경우는……. 돌아가시게 되는 경우죠. 그러니까 간병을 하시려면 하루 종일 계실 수도 없고, 계획을 세워서 간병하시는 게 어떨까요? 저희 중환자실 간호사들은 일반 병동의 간호사들과는 달리 계속해서 환자들을 봐야하니까 간병인이 사실은 필요가 없는데. 아무래도 언니는 좀 다른 의미로 간병인을 하시지 않을까 그렇게 생각해요. 소울 메이트 같은 거 말이에요. 잘은 모르지만 그렇지 않을까요?"
그녀는 매우 흥미로운 듯 말하다가 기분이 나빴다면 미안하다고 했고 나는 사실 그녀의 말을 잘 알아듣지 못해서 괜찮다고 말했다. 그녀는 계속 말을 이어나갔다.

"언니가 굉장히 피곤해 보여서 하는 말이에요. 최 선생님은 여기로 오신지 4개월 정도 되셨는데 아무도 오지 않았어요. 다른 간호사 분들도 그랬어요. 선글라스 아저씨와 박 씨 아저씨를 제외하고는 아무도 뵈러 오시지 않았죠. 정말 슬픈 일인 거 같아요. 무슨 재산 싸움하느라 자식들은 정신이 없고 게다가 거의 도망치듯 이쪽으로 오셨대요. 그게 뭐죠 세상에 사람의 목숨보다 더 중요한 것이 있냐는 얘기에요. 정말 돈이 별로 없다는 게 차라리 행복한 일이라고 생각해요. 적어도 사람이 죽어가는 데 돈 계산 하느라 돌볼 시간이 없진 않을 테니까요. 죄송해요. 제가 또 할 필요 없는 얘기를……. 아무튼 제가 하고 싶은 얘기는 오늘밤은 숙소에서 푹 주무세요. 보통 최 선생님께서는 저녁 9시쯤 잠이 드시고 5시 정도에 깨시거든요. 언니 연락처만 알려주시면 무슨 긴박한 일이 있으면 저희가 연락을 드릴게요. 지금도 계속 주무시고 계신다니까요."

"아. 그렇군요. 그럼 제 연락처를 남겨 드릴게요."

나는 가방에서 메모지와 펜을 꺼내어 이름과 휴대폰 번호를 적어주었다. 그녀는 메모지를 받더니 예쁜 이름이네요. 라고 말하고 돌아섰다. 그녀는 몇 발짝을 떼더니 다시 돌아서서 내게 다가와서 말했다.

"언니, 그리고 이건 절대 비밀인데요. 지금 저희 간호사 언니들 사이에서는 언니를 굉장히 경계하고 있어요. 서 현수 레지던트 때문이에요. 그러니까 행여 다른 간호사 언니들이 납득가지 않는 행동이나 말투를 비쳐도 놀라지 마시라고요. 병원은 생각보다 좁은 곳이에요."

나는 그녀가 말하고 있는 동안에도 몸이 계속 가라앉고 있는 것 같은 느낌이 들었다. 참을 수 없는 나른함 같기도 했고 병원 냄새에 중독 되어서 입원이라도 해야 할 것만 같이 몸이 말을 듣지 않았다. 그녀는 이만 가보겠다고 했고 나는 고맙다는 말만을 겨우 할 수 있었다. 그리고 의자를 짚고 어기적대며 일어나 숙소로 향했다. 흠뻑 젖은 새벽 공기가 짓누르고 있는 병원 밖으로 나왔을 때 비로소 정신이 들었고 그제야 내가 오늘 제대로 된 식사를 하지 못했다는 걸 알았다. 205호의 문을 열고 냉장고를 열어 캔 커피 한 개와 머핀을 먹으며 짐을 풀었다. 붙박이 옷장에 옷을 정리해 놓고 욕실용품도 정리해 놓았다. 그리고 Stan getz의 CD를 올려놓고 뜨거운 물을 욕조에 받았다. 물이 고이는 동안 백 팩을 열어 내용물을 쏟았다. 흉물스럽게 나동그라지는 소지품들, 지금의 머리속만큼이나 복잡하고 버릴 것들로 가득했다. 반이 떨어져 나간 껌이 들어있었고 언제 쓴 건지도 모를 신용카드 영수증이 몇 장, 화장을 고치다가 구겨 넣은 휴지는 다 헤진 채로 웅크리고 있었다. 그리고 몇 장의 전단지도

들어있었고 돌돌 말려진 스타킹도 들어있었다. 안쪽 주머니
에선 잃어버린 줄만 알았던 크리스탈이 달린 귀고리 한쪽이
나왔다. 그것은 남자친구가 처음으로 선물해 준 것이었는데
가장 오랫동안 그리고 가장 많이 달고 다녔던 귀고리였다.
때문에 그 일로 우리는 심하게 싸운 적도 있었다. 그리고 그
것을 잃어버렸다고 단정 지었던 이후로 우리는 만나는 횟수
도 줄어들었고 전화도 확연히 줄었던 것 같다. 무슨 연관이
있는지는 확실하진 않지만 그 귀고리는 우리를 연결하고 있
었던 무엇이었을지도 모른다.

　　Smile이 연주되고 있을 때쯤 나는 욕실로 들어갔다. 긴
하루였다. 뜨거운 욕조에 몸을 반쯤 담그니 피로감이 어느
정도는 씻겨 내려가는 것 같았다. 물속에서는 수포들이 그
동안 껍데기에 달라붙어 있는 찌든 것들을 기화시키려는 듯
계속해서 몸의 구석구석에서 맺히고 있었다. 아무런 특별한
일도 없었던 내게 다만 조금의 변화는 상당히 몸을 지치게
만드는 일이었던 것 같다. 나는 몸을 좀 더 담그고 욕조에
가만히 기대어 눈을 감았다. 그리고는 곧 잠에 빠졌다. 그것
은 현실에서 방해하는 것도 없고 꿈도 없는, 아무 것도 없는
상태에서의 완벽한 잠이었다. 이대로 눈을 뜨지 않았으면.

아무 의미도 찾을 수 없는 나의 하루, 당신도 그런가요?

4. 나는 아직 겨울의 한 귀퉁이에 있어요.

눈을 뜨자 이미 식어버린 욕조 안이었다. 몸을 닦지 않은 채 바스가운만을 걸치고 욕조를 나오자 식어빠진 커피 같은 새벽의 차가움이 그대로 느껴졌다. 난방을 돌려놓지 않았기 때문이었다. 방바닥은 백팩에서 나온 것들이 잔뜩 어질러져 있었고 창밖으로 중환자실의 조명이 광고판처럼 밝게 빛나고 있었다. 새벽 4시 25분. 어림잡아 두 시간 이상을 잔 것 같았다. 충분한 시간은 아니었지만 몸이 한결 가벼워지고 뒤죽박죽이던 머릿속도 어느 정도 정리 된듯한 느낌이었다.

오디오가 놓인 선반 쪽으로 다가가서 Lisa Ono의 Soul & Bossa라는 앨범을 꺼내어 틀었다. 그리고 주방에서 냉장고에 있는 계란 3개와 크림치즈를 꺼내 놓고 선반에 놓인 소금통과 후추통을 꺼내고 식빵을 풀어 2개의 빵을 토스트기에 넣었다. 계란 스크램블과 식빵을 구워 크림치즈를 바르고 모닝커피와 함께 먹는 아침은 만들기도 쉽고 시간도 훨씬 줄여주어 회사 다닐 때 자주 먹다 보니 이젠 자연스러워져서 전혀 부담되지 않았다. 접시에 스크램블을 담아두고 소금과 후추를 같이 쳐서 간을 맞추고 빵을 토스트기 에서 꺼내 놓았다. 그리고 무선 주전자에 올려놓은 물이 다 끓었을 때 커피를 만들어 식탁에 올려놓았다. 의외로 숙소 205호실에는 내게 익숙한 것들이 마치 오랫동안 준비라도 해놓은 것처럼 갖춰져 있었다. 구운 빵에 치즈를 발라 한 입 베어 먹고 스크램블을 떠서 먹었다. 그때 눈길이 머문 것은 방바닥에 떨어져 있는 빨간색 편지봉투였다. 커피를 홀짝이며 일어서서 그것을 가져왔다. 최 노인에게 배달된 꽃바구니에 들어있던 편지. 그것을 최 노인에게 읽어주려고 생각했었으나 곧 잊어버렸었던 것이다. 남아있는 빵과 스크램블을 다 먹어버리고는 식탁 위를 말끔하게 치웠다. 그리고 커피 잔만을 가지고 책상으로 옮겨가서 책상 위에 있던 스탠드를 켰다. 그리고 빨간색 편지봉투를 바라보다가 문득 최 노인이 4개월가량을 입원하고 있었다고 하니 이런 편지가 꽤 있을 법 하다는 생각이 들었다. 나는 책상 위와 책꽂이 쪽을 보았지만 특별하게 보이는 것은 없었으므로 서랍을 열어보았다. 예상대로 그 안엔 몇 가지 원색으로 된 편지들이 들어있었고 나는 그것을 모두 꺼내어 보았다. 모두 동일한 사람에게서 온 편지들이었고 봉투가 뜯어지지 않은 채 아마도 시간의 순서에 따라서 정리해 넣어둔 것처럼 보였다. 나는 맨 바깥쪽에 있던 편지를 꺼내어 뜯고 나서 안에 들어있던 편지지를 꺼내었다. 기분 좋은 풀의 내음 같은 냄새가 나는 듯 한 착각이 들었다.

영감님, 빨리 털고 일어나셔야죠.

깨끗한 필체는 그렇게 최 노인의 병을 걱정하는 내용으로 시작되었다. 영감님이란 호칭을 쓰는 것으로 보아 상당히 친분이 있는 사람이라고 생각되었다. 그때였다. 전화기가 울려대기 시작했다. 나는 모닝콜을 잘못 설정해 놓은 게 아닌가 하고는 전화기를 들어보았다. 그러나 그것은 걸려온 전화였다. 모르는 전화였으므로 받지 않는 편이 낫겠다 싶어 그냥 두었다. 4시 50분 에 모르는 사람에게 온 전화라면 틀림없이 잘못 건 전화임에 틀림없다. 스팸전화라도 적어도 7시 는 넘어야 올 것이다. 전화는 끊어졌고 다시 울리지 않았다. 이르긴 하지만 최 노인에게 들르는 게 낫겠다 싶어서 읽어보려 했던 편지를 접어 봉투에 다시 넣고 나서 책상 위에 두고 간편한 옷으로 갈아입었고 열쇠와 핸드폰과 그리고 편지를 다시 집고 나서 방을 나섰다. 중환자실 대기실에는 박 씨가 먼저 와 있었고 그는 내게 잘 잤냐고 물었다. 그리고 그는 내가 온다고 했을 때 필요한 먹을 것들을 채워두었으니까 주방 쪽에 놓인 것들은 모두 먹어도 좋다고 했고 나는 그렇지 않아도 잘 먹었다고 했다. 곧 5시 가 되고 박 씨는 안으로 들어가자고 했다. 박 씨는 상당히 피로해 보였는데 내가 온 이후로 계속 그런 얼굴이었다.

"잘 잤어요? 면회 끝나고 나 좀 봅시다."

서현수였다. 그냥 그를 무시하고서는 최 노인에게 다가갔다. 그는 허공을 바라보고 있었으나 표정은 왠지 밝아 보이기까지 했다.

"선생님 잘 쉬셨어요?"

그는 눈동자를 굴려 나를 쳐다보았다. 그는 정확히 나를 보는 게 아니라 내가 들고 있던 편지를 보고 있었다. 나는 조금 더 가까이 다가가서 물었다.

"이거 누구에게 온 건지 알고 계세요? 쭉 누군가가 선생님께 꽃과 함께 편지를 보냈어요. 벌써 10통이나 있었는데 앞으로 제가 읽어드릴게요. 좋으시죠?"

그는 웃으며 그래 고맙구려. 라고 말하려는 듯 보였다. 그의 숨에서는 고약한 냄새가 섞여 나고 있었지만 왠지 그 냄새가 역겨울 정도로 싫지는 않았다. 오히려 아기들 똥기저귀에서 나는 그런 냄새 같다고 생각되었다. 이빨은 치석이 끼어 누렇고 허연 것들이 붙어있었고 입술은 심하게 메말라 갈라져서 곧 피가 배어나올 것만 같았다. 수염은 제멋대로 자란 잡초들 마냥 삐죽거리며 나와 있었고 눈곱도 말라 부스러져 눈가 근처에 덕지덕지 붙어있었다. 그는 늙고 병들면 이렇다네 하고 쑥스러워 했다.

"선생님 제가 미처 준비를 채 못했는데 다음 면회시간에 세수와 양치질, 그리고 면도라도 시켜드려야겠어요. 아셨죠? 늙고 병들어도 할 건 해야죠. 제가 처음 뵈었을 땐 이렇게 엉망이진 않았어요."

그는 그땐 그랬지 하고 허허한 눈빛을 보였다.

그때 송 간호사가 와서 내게 말을 걸었다.

"언니, 최 선생님이 너무 한 자세로 오래 누워계시면 등이 짓무를 수도 있어요. 여태까지는 저희 간호사들이 했지만 이제 간병인이 계시니까 그건 언니가 해 주셔야 해요. 제가 도와 드릴 테니까. 저 일할 때 한 번씩 자세 돌리고, 등을 두드려 드리기도 하고 파우더 같은 걸 발라드리는 것도 좋을 거 같아요."

"아, 그러네요. 정말 고마워요. 제가 잘 모르니까 필요한 것은 그때그때 얘기해 주세요."

송 간호사는 아니라고 말을 하고 한쪽에서 최 선생의 몸을 밀어 그가 옆으로 누운 자세가 되도록 만들었고 파우더를 가져다 등에다 발라주는 것을 보여주었다. 나이 어린 그

녀가 대견하게 생각되었다. 몸을 제대로 눕히고 나자 최 선
생은 한결 기분이 좋아 보였다. 그리고 그녀는 소변 줄을 통
해 받아지는 소변 봉투를 비워주어야 하는 것이라든지 침대
시트를 갈아야 하는 것을 일러주었다. 그리고 면회시간이
끝나고 나는 그녀에게 다시 보자고 인사를 하고 최 노인에
게도 다시 오겠다고 말하자 그는 또 보자고 했다.

"잠깐만요. 같이 나가요."

서현수는 줄곧 내 쪽을 보고 있다가 내가 문을 나서려 하
자 곧바로 뒤를 따르며 말했다.

"일하시는 거 아닌가요?"

나는 고개를 돌리지 않고 문 밖으로 나오며 물었다. 박
씨는 내게 목인사를 하고 일 층으로 내려갔다.

"잠깐만 저 좀 봐요."

서현수는 내 팔을 붙들며 내가 일 층 쪽으로 내려가는 것
을 막았다. 이런 때에 남자들은 더욱 승부근성을 발휘한다.
하지만 지금은 그런 게임 같은 걸 할 여유도 없거니와 이런
장소 이런 시간은 좀 곤란하다. 나는 몸을 돌려 그에게 무슨
일이냐고 물었다.

"전화도 안 받고 말이에요. 커피라도 한 잔해요."

맙소사 아까 새벽에 모르는 전화가 그였다니. 송 간호사
에게 내 전화번호를 알려 줬던 게 생각났다.

"그 쪽 마음대로 전화하라고 알려준 전화번호 아니에요.

쓸데없이 전화하지 마세요."

나는 쏘아 붙이듯이 말했다. 그리고 몇 가지 살 것들을 생각해 보며 일층으로 내려왔다.

"아까 들었어요. 환자 세수시키고 면도도 시킨다고요? 그것들을 사려고 하는 거예요? 그렇다면 구내매점은 지금 열지 않았으니까 병원 입구 쪽에 있는 편의점으로 가는 게 나을 거예요 같이 가요. 나는 커피를 좀 마셔야겠어요."

그는 그렇게 말하면서 내 뒤를 쫓아왔다.

"근무시간에 그렇게 돌아다녀도 안 잘려요?"

그는 밖으로 나와 담배를 피우며 대답했다.

"아직은 근무시간 아니에요. 제가 좀 일찍 나왔죠. 수연 씨 쌩얼을 볼 수 있을 것 같아서."

고개를 돌려 그를 보았다. 장난기 있는 표정이었지만 거기엔 능글맞은 느낌은 없었다. 하얀 피부에 고생이라고는 모르고 지낸 것 같은 얼굴이었으며 나보다 어려 보이는 동안이었다. 병원 싱글 간호사들이 눈독을 들일만 하다고 생각되었다.

"수연 씨는 몇 살이에요? 전 스물여덟인데. 저보다는 어려 보이는 데 말을 놓는 게 좋을까 어떨까?"

그는 혼자 열심히 떠들어 댔다. 국내에서 제일가는 의과 대학 출신이고 집안이 온통 의사들로만 이루어졌다고 했다. 이쪽에서 일하게 된 건 순전히 원장선생님의 부탁 때문이라고 했고 자신이 싫으면 언제든지 떠나도 좋다는, 한마디로 커다란 특혜를 받아 마땅한 위치라고 말했다. 현재 사귀고 있는 이성 친구는 없다고 했고 그럴만한 시간도 없다고 푸념을 늘어놓았다. 모두 자기 자랑 같은 이야기를 늘어놓는데도 거부감이 별로 들지가 않았다. 그냥 그럴 수 있는 사람 같아 보였다. 그는 상대로 하여금 상당히 호감이 가게 만드는 그런 재주가 있다고 생각했다. 편의점 앞에 거의 다다랐을 때 그를 좀 말려야겠다는 생각을 했다. 그는 자꾸만 나와의 거리를 좁히려 들었고 쓸데없는 여유를 주면 안 된다는 생각이었다.

"현수 씨라고 했죠. 솔직히 말해서 당신은 그렇게 나쁜 인상은 아니에요. 충분히 좋은 사람일거라고 생각해요. 하지만 저는 남자친구가 있고 아시다시피 저는 병원에 그저 병문안을 온 경우가 아니에요. 제겐 해야 할 일이 있고 당신은 그 안에서 근무하는 사람이죠. 그러니까 당신은 나에게 사적인 감정이 있는 사람이 아니고 공적으로 부딪치는 사람에 가까운 거예요. 그러니까 서로 불편한 관계를 만들지는 말자고요."

그를 똑바로 쳐다보고 말했지만 그는 내 말을 듣는 둥 마는 둥 했다. 그리고 그는 약간은 당황해 하다가 곧 평소의 얼굴로 돌아오고는 안으로 들어가자고 했다. 나는 비누와 수건 몇 개를 사고 칫솔과 치약도 골랐다. 그리고 그는 입구 쪽에 놓여있던 기계에서 커피를 어느새 빼오더니 내게 한 잔을 내밀었다. 나는 그것을 받아 들었고 그는 세 날짜리 면도기와 쉐이빙 크림이 같이 붙어있는 것을 빼서 내게 보였고 나는 그거면 괜찮을 것 같다는 의미로 고개를 끄덕였다. 그리고 그는 남성용 스킨과 로션 세트를 다른 쪽 진열대에서 골라왔다. 나는 사기로 된 머그 잔 한 개와 플라스틱 머그컵을 고르고 계산대로 가져갔다. 그는 내가 고른 치약과 칫솔을 제자리에 가져다 놓고는 유아용 치약 칫솔을 가져왔다. 그림으로 보면 그것은 엄마가 손가락에 칫솔 같이 생긴 것을 끼워서 닦아주는 것 같은 것이었다. 그리고 물 티슈도 한 팩과 립크림 한 개를 가져왔다.

"고마워요. 저보다 많이 아는 군요."

그는 눈으로만 웃은 채 커피를 홀짝였다. 문제는 다음이었다. 나는 지갑을 가져 오지 않았다. 새벽에 최 노인만을 잠깐 보고나서 205호로 돌아갈 심산이었기 때문에 그저 열쇠와 편지만 들고 나왔었다. 내가 잠깐 우물쭈물하자 그는 얼른 자신의 신용카드를 점원에게 넘기며 계산해 달라고 했다. 그를 말리고 싶었지만 다시 205호에 갔다가 오는 것보다 그에게 돈으로 되돌려 주면 될 것 같았다.

"지갑 가져오는 걸 잊고 그냥 와 버렸어요. 돌아가서 드릴게요."

영수증에 사인을 하며 그는 괜찮다고 나중에 밥이나 한번 사라고 했다. 나는 하는 수 없이 좋다고 말했다.

"선생님, 여기서 뭐하세요?"

어제 중환자실에서 쌀쌀맞게 굴었던 간호사였다.

"이 간호사 안녕하세요? 보시다시피 커피 마십니다."

그는 아무것도 모르는 것처럼 천연덕스럽게 인사를 건넸다. 그렇지만 이 간호사라는 여자의 표정은 마치 남편의 불륜 현장을 덮친 아내의 얼굴처럼 무서운 얼굴이었다.

"벌써 출근하는 거예요? 시간이 그렇게 되었나? 이 간호사 커피한잔 할래요?"

그는 아무렇지 않은 척한 게 아니라 그녀가 아무렇지 않은 존재였다. 물론 그녀는 인정하지 않고 있지만. 그의 호의에 그녀는 다시 무너지고 금세 굳어있던 얼굴이 풀리면서 정말이세요? 하면서 그의 팔을 붙잡고 커피를 뽑는 기계 앞으로 그를 끌고 갔다. 그는 끌려가면서 나를 쳐다보았고 그녀도 증오에 가득한 얼굴로 나를 힐끔 쳐다보았다. 필시 그녀와 나만 남겨지면 그녀는 무슨 일이라도 저지를 것만 같았다. 점원이 아까 샀던 것들을 비닐 봉투에 담아 주었을 때 그들에게 그만 가보겠다고 했다. 그는 그녀를 뿌리치려고 했지만 그녀는 단단히 그의 팔을 붙들고 먼저 가라고 했다. 그는 어찌할 바를 모르고 그녀의 팔에서 버둥대고 있었다. 나는 비닐 봉투를 들고 편의점을 나섰다. 낯선 곳에서의 새벽 공기처럼 쓸쓸해졌다. 아무런 상관없는 사람들의 사이에서도 그런 감정들은 드는 모양이었다. 나만 혼자인 듯 한 느낌 같은 것 말이다. 나는 전화기를 꺼내 통화내역을 보며 남자친구를 떠올려 보았다. 적어도 지금 이 순간 그는 나에게 있어 가장 가까운 사람일지 모른다. 하지만 그에게 느껴지는 것은 플라스틱 모형과 같이 어떠한 냄새도 맡을 수 없으며 껄끄럽고 딱딱한 껍질을 가지고 있다. 그 모형 속에 다만 추억이라고 하는, 그나마 조금 살아있는 것처럼 느껴지는 그런 것만이 담겨져 있을 뿐이라고 생각되었다. 과연 이런 생각은 내가 힘들기 때문에 나오게 되는 걸까 하고 생각해 보았다. 사실 그와 만나면서 아주 자주 똑같은 생각에 사로잡혔던 적이 있었다. 생리 주기처럼 사라졌다가 시간이 되면 돌아오는 것이었다. 매번 똑같은 모습으로, 어느 정도는 이쯤 되면 시작 할 때도 됐지 라고 생각할 수 있는 정도였기 때문에 나는 생리통을 가라앉게 하는 진통제를 먹어야 했다. 그러면 한동안은 잠잠했다가 다시 예전과 같은 모습으로 돌아갔다가 다시 어느 순간에 통증이 시작되는 순환적인 고리를 가지게 되었으며 점차 그런 통증에도 익숙해져 버렸다. 며칠 지나면 괜찮은 거라는 식으로.

"이것 봐요."

막 병원 입구 쪽에 도달했을 때 뒤에서 나를 부르는 것 같은 목소리가 들렸다. 이 간호사라는 여자였다. 어느샌가 뒤를 바짝 쫓아왔던 것이다. 뒤를 돌아 보았을 때 그녀는 그가 사준 커피라는 듯 자랑스럽게 가슴 높이까지 커피를 들고 있었으며 그는 같이 오지 않았다. 나는 심드렁한 표정으로 무슨 일이냐고 물었다.

"당신은 서현수 레지던트와 어울리지 않아요. 그러니까 그에게서 가급적 멀리 떨어져 있었으면 좋겠네요. 간병인이면 간병이나 하셔야죠. 중환자실에서 설마 연애질을 하려는 심산은 아니겠죠?"

그녀는 계속해서 나를 아래위로 훑어보며 말했다. 나는 터져버릴 것 같은 웃음을 참느라 땀이 날 정도였다. 어떻게 해야 할 지도 몰랐다. 드라마 같은 데에서는 이런 때 착한 여자 주인공은 최대한 약한 모습으로 나와서 저도 어떻게 해야 할지 모르겠어요. 라든지 혹은 저도 알지만 어떻게 할 수 없어요. 그의 사랑을 막을 수 없어요. 라는 식의 대사를 하겠지. 아니면 좀 와일드한 여자 역이었다면 당장 머리채를 휘어잡고 한방 크게 먹이는 상상을 했을지 모른다. 그렇지만 지금은 그러한 씬과는 전혀 다른 상황이었기에 나는 그녀에게 최대한 부드럽게 말했다. 사실 그녀는 필요이상으로 열을 내고 있는 것처럼 보였기 때문이다.

"저는 그 분에게 아무런 감정도 없어요. 그리고 그가 저에 대해서 무슨 생각을 하는지 모르겠지만 저는 분명히 남자친구가 있다고 말씀을 드렸어요. 원래 그분 그렇게 아무에게나 좋아하는 것처럼 행동하는 걸로 보이긴 하지만 이번에는 번지수가 아주 틀렸다고요. 그러니까 저에 대해서 그런 경계 같은 거 하지 않았으면 좋겠어요. 제가 보기엔 이 간호사님이 그분을 좋아하시는 걸로 보이는 데, 맞나요? 그럼 제가 열심히 밀어드릴게요. 그러니까 이 간호사님은 최 선생님을 잘 보살펴 주세요."

그녀는 상당히 만족스러워 하는 표정을 지었다.

"그럼. 꼭 밀어 주셔야 해요, 알겠죠? 휴, 다행이에요. 나는 그쪽에서 혹시 다른 말을 하면 어떻게 하나 걱정하고 있었거든요. 서현수 레지던트는 원래 그런 분이 아니었는데 갑자기 그쪽에게 잘 해줘서 조금은 제가 놀랐어요. 아주 무뚝뚝하고 차가운 사람에다가 자존심도 아주 강한 사람이어서 자기와 어울리는 사람이 아니면 절대 쳐다보지도 않는 그런 사람이거든요. 저는 그런 사람이라서 좋아하는 거구요. 어쨌든 우리 여자끼리는 이제 얘기 된 거예요, 알겠죠? 저는 병실에서 최 선생님을 잘 보살필 테니까 수연 씨는 그와 거리를 두시고 저를 많이 밀어주시면 되요."

그녀를 보며 마치 처방전을 읽어주는 것 같다는 착각이 들었다. 어쩌면 저런 식으로 풀어서 사랑2g, 우정1g, 행복 3g, 건강 2스푼, 질투 1스푼……. 아침, 점심, 저녁 식사 후 30분 후에 라고 말할 수 있을까. 그녀의 머릿속엔 그런 계량기를 통해 나눠진 것을 정확하게 밀봉하는 그런 기계가 들어있을 것이다. 그녀와 서현수 레지던트가 과연 어울릴지 생각해 보았다. 그런대로 나쁘지 않을 것 같다는 생각을 했다. 그녀는 벌써 4년차 중환자실에서만 근무하고 있다고 했고 좀 전에 협상의 결과물로 그녀는 나에게 반드시 면회시간을 지킬 필요가 없다고 했다.

"필요하면 언제든지 들어와요. 사실 최 선생님은 저희한테는 VIP 환자시고 오랫동안 계시는 분께 그런 정도의 혜택은 당연히 드려야죠."

앞서 계단을 오르는 그녀의 힐은 마치 스프링이라도 달려있는 것처럼 그녀의 몸을 마구 띄워 놓고 있었으며 그녀는 솜씨 좋게 그 박자에 정확히 반응하고 있었다. 빈 말이었지만 그래도 매력적인 몸매임에는 틀림없었다. 그녀는 나에게 옷을 갈아입으러 가겠다고 하며 목인사를 하고 간호사실로 들어갔다. 시간을 확인하고 대기실로 들어가서 10분 정도 남은 면회시간까지 기다리기로 했다. 그런데 항상 내가 앉는 쪽에 캔 커피 하나가 놓여 있었고 그 밑에 쪽지가 하나 놓여 있었다. 나는 그것을 피해 비켜 앉고서는 몸을 스트레칭하며 시간을 보냈다. 잠시 후 송 간호사가 대기실로 와서 면회시간이라고 알려주었다. 그녀는 밤새 포르말린에 담겨 표백되고 있었던 듯 창백해진 얼굴이었고 고등학생처럼 앳돼 보이기까지 했다. 심호흡을 한번 한 후 중환자실로 들어갔다. 최 노인은 허공을 바라보다가 내가 나타나자 곧바로 자세라도 바로 잡으려는 듯 눈동자가 움직였다. 봉투에서 유아용 칫솔에 치약을 묻히고 손가락에 끼웠다. 그리고 한 손으로는 최 노인의 입을 벌려 고정시키고 칫솔이 끼워진 손가락을 입 안으로 집어넣어 양치질을 하기 시작했다. 그의 숨을 따라 죽은 소나무를 가지 치고 나서 모아둔 더미에서 나오는 그런 냄새가 그의 내부로부터 흘러나왔다. 그는 미세하게나마 내가 양치질을 할 수 있게 가만히 있으려고 안간힘을 쓰고 있었다. 나는 그냥 편하게 계시면 된다고 말했고 그는 미안해했다. 그는 입을 헹구는 대신 절반 정도는 입끝으로 흘려버리고 나머지는 목으로 넘겼다. 다음으로 쉐이빙크림을 손바닥 가득 뿌려놓고 코 밑부터 목젖이 있는 곳까지 고르게 발랐다. 그렇게 해 놓으니 중환자실에 있다고 전혀 생각되지 않았고 다른 환자들도 흥미롭게 쳐다보고 있었다. 실제 얼굴면도는 해 본적이 없어서 어떻게 해야 하는지 망설이고 있는 도중에 내가 알려드릴게요 라고 말하며 서현수가 끼어들었다. 어설프게 하다가 최 노인에게 상처를 입히느니 배우는 게 낫겠다고 생각하고 그에게 면도기를 넘겼다. 그제야 최 노인의 경직된 눈동자가 어느 정도 풀리는 것 같았다. 남자들은 정말 사소한 것에 심할 정도로 경직된다.

서현수는 허공에 면도기를 휘두르는 시늉을 하다가 몸을 숙이고 최 노인에게 가까이 다가갔다. 나는 조금 떨어져서 어떻게 하는 지를 살펴보고 있었다.

"면도는 항상 세로줄을 긋는 다고 생각하면 되요. 얼굴위로 반듯한 선을 그린다고 생각하고 그리는 도중에 절대 옆으로 움직이면 안 되죠. 그러면 피를 보게 됩니다. 볼 쪽은 비교적 가는 수염이 나니까 위에서 아래로 움직이면 되요. 그리고 목 부분엔 수염이 거의 없지만 몇 개가 삐죽 튀어나올 수 있으니까 목젖에서 시작해서 턱까지 아래에서 위로 올리면서 움직이면 됩니다. 그리고 턱에서 아랫입술까지와 인중이 있는 부분은 수염이 많이 나는 부분이고 아주 뻣뻣하고 굵죠. 그러니까 여기는 위에서 아래로 한번 그리고 아래에서 위로 또 한 번 정도 하면 아주 매끈하게 되죠. 자 어때요. 쉽죠?"

그는 나에게서 잘했다는 칭찬을 듣고 싶어 하는 아이처럼 굴었고 참다못한 이 간호사가 선생님은 이 차트나 보시라며 그를 끌고 갔다. 최 노인은 흥미로운 듯 그들을 보고 있었다. 물티슈 몇 장을 꺼내 얼굴을 닦아내기 시작했다. 최 노인은 눈을 질끈 감았으나 기분이 상쾌하다는 표정이었다.

"어때요? 선생님. 훨씬 기분이 나아지죠? 이제 매일 아침 이렇게 세수도 하고 면도도 해요."

그는 고개를 끄덕였다. 물론 움직이진 않았다.

"아까 읽어 드리려고 했던 편지를 읽어드릴게요."

침대 머리맡에 내가 서자 최 노인은 기대에 잔뜩 부푼 눈빛으로 나를 올려다보았다. 실제로 그는 십 년은 더 젊어 보였고 눈빛도 Pale Blue 빛이 진해져서 midnightblue 빛이 돌았다.

영감님, 빨리 털고 일어나셔야죠.
갑작스럽게 영감님이 쓰러지셨다는 전화를 받았을 땐
돌아가시는 줄로만 알았어요. 아직 저에겐 준비가
안 되어 있단 말이에요. 그러니까 빨리 일어나셔서
순복이 다시 키우셔야죠. 아참, 순복이는 아주 잘
먹고 잘 지내고 있으니까 너무 걱정하지 마세요.
전화를 거셨던 분이 누군지 모르지만 병원을 알려줘서
한번 뵈려고 찾아 왔지만 왠지 영감님이 누워서
움직이지도 못하고 계신다니 믿을 수 없더군요.
그래서 뵙지 않기로 했어요. 제 기억 속의 영감님으로
다시 돌아와 주세요.

편지치고는 매우 짧은 내용이었으나 최 노인은 눈망울이 그렁그렁해지면서 눈꼬리 옆으로 길게 자국을 남기면서 한 방울 눈물이 떨어졌다.
"순복이가 그때 그 강아지죠?"
그는 어린아이 같은 눈망울로 나를 보았다. 뭔가를 이야기하려는 것처럼 보이기도 하고 몸을 움직이려고 하는 것도 같았으나 오직 그에게서 움직이는 것은 눈동자 뿐이었다. 그는 겁을 집어 먹은 듯 그렁그렁한 눈빛으로 무엇을 이야기 하고 싶을까? 기억이나 제대로 하고 있을까? 만약 내가 저런 상태면 과연 무엇을 이야기 하고 싶어 했을까. 그리고 내 눈앞에 있는 사람은 과연 누굴까? 죽음 앞에 누워있는 나의 기억 속엔 무엇이 남겨져 있을까? 그의 눈을 찬찬히 바라보았다. 유언이라도 내게 전할 것만 같았기 때문이었다. 아가씨는 다시 돌아가고 싶은 곳이 있소? 그는 내게 물었다. 나는 대답대신 고개를 가로 저었다. 그리고 그는 다시 말하지 않았다. 눈꺼풀을 힘겹게 내리며 잠이 들었다. 나는 그가 완전히 잠이 들 때까지 곁에서 그의 옷매무새를 정리하고 홑이불을 잡아 가슴까지 끌어올려주고 소변 주머니를 체크했다. 그러는 동안에도 무엇을 치료하기 위한 링거인지 모를 약품이 계속해서 그의 혈관 속으로 빨려 들어가고 있었다.

"그만 좀 쉬고 오세요. 제가 잘 보살펴 드릴게요."

이 간호사가 다가와서 말했다.

"네, 조금 쉬고 다시 와야겠죠? 그럼 잘 부탁드릴게요."

나는 비닐 봉투와 편지를 챙겼다. 서현수 레지던트는 저쪽 편에서 박 씨의 아들과 무슨 이야긴지를 주고받고 있었다. 이 간호사에게 인사를 하고 중환자실을 나섰다. 몇몇 낮이 익은 중환자들과 눈이 마주쳤고 서로 인사를 했다. 힘내세요 라고.

중환자실을 나오자 비서실장과 병원 원장이 마주서서 이야기하고 있었다. 안녕하세요. 두 사람에게 인사를 했다. 비서실장은 고개만 끄덕이고 원장은 그는 아직 살아 있소 라고 물었다. 나는 물론이죠. 라고 말하고 자리를 비켜 주려는 의향으로 대기실로 들어갔다. 아직까지 의자엔 캔 커피가 그대로였다. 힘없이 털썩 의자에 몸을 기대고 최 노인이 물었던 것에 대해 생각해 보았다.

돌아가고 싶은 곳. 그것은 나에게 있어서 너무나 막연한 단어였다. 어떤 드라마에서 주인공으로 나왔던 남자 주인공의 이름이 잠깐 생각나지 않는 그런 막연함이 아니라 절대로 생각해 낼 수 없을 것만 같은 그런 막막감 같은 것이었다. 어쩌면 애초에 나에겐 존재하지 않는 영역의 것이었을지도 모른다.

"어때요? 지낼 만합니까?"

비서실장이 대기실로 들어오며 말했다.

"그냥 그래요. 무슨 일이라도?"

"출근하기 전에 들러 보았습니다."

"좀 앉으시죠."

나는 앞쪽에 놓인 의자를 가리켰다.

"아닙니다. 지금 바로 회사로 가 봐야 합니다. 한 가지 말씀 드리지 않았던 게 생각이 났습니다. 회장님께서는 아가씨가 원하시면 언제든지 이 일을 그만 두어도 좋다는 말씀을 하셨습니다. 이건 게임도 계약도 아닌 거라고 말이죠. 그러니까 견디기 힘드시면 언제라도 제게 말씀해 주십시오."

그는 단순 명료하게 말하고는 그만 가봐야겠다며 대기실을 나서려 했다.

"그럼 선생님은 제가 원해서 여기에 있기를 희망하시는 거군요."

앞쪽 의자를 물끄러미 바라보며 중얼거리듯 내뱉었다. 그는 잠시 발을 멈추고 네 그렇습니다. 라 하고 대기실을 빠져나갔다.

다시 혼자가 되었다. 멍하니 의자를 바라보는 것으로 시간을 보냈다. 아무런 생각도 하지 않고 그저 의자만 바라보다 보니 비정상적으로 길게 보였고 가운데 부분은 사람들의 체중을 못 이긴 채 조금 기울어져 위태롭게 보였다. 누군가 조금 더 무거운 사람이 앉는 다면 주저앉아 버릴 것만 같았다. 몸을 뉘어 보았다. 몸을 웅크려야 누울 수 있을 만큼 보기와는 다르게 작았다. 그리고 딱딱한 감촉은 마치 콘크리트 바닥에 누워있는 것 같았다. 차가운 시멘트 냄새가 올라오는 것 같기도 했다. 콘크리트 바닥을 때리는 비를 생각했다. 나는 그 위에 누워있다. 세차게 때리는 빗줄기 보다 더 아픈 건 콘크리트 바닥으로부터 등에 스며드는 차가움이다.

가슴을 얼어붙게 만들 정도로, 살이 아리도록 시린 차가움
이다. 나는 그 시린 기억에 몸을 떨었다. 그것은 겨울이었
다. 이제 막 추위가 시작되는 초겨울의 싸늘함이 아니라 이
미 추위를 겪을만큼 겪었음에도 불구하고 이빨이 딱딱 부딪
칠 정도의 추위였다. 최대한 몸을 웅크리고 체온을 유지하
려고 안간힘을 써보았다. 하지만 피한다고 해결될 만한 것
이 아니었다. 등에 달라붙은 추위는 어떤 자세를 하거나 심
지어 입김을 손에 불어넣어도 가시지 않고 별개의 것인양
몸을 얼어붙게 만들고 있었다. 꼼짝 달싹 할 수 없었다. 눈
앞이 어른거리더니 실제 보였던 것들이 일그러져 다른 형상
으로 바뀌어 갔고 조금씩 어두워져 가더니 결국 완전한 어
둠으로 바뀌었다. 밤이 된 것일 수도 있겠지만 그건 밤이 아
니라 가시광선만 없어진 세상과 같은 것이었다. 나는 눈으
로는 더 이상 사물을 찾을 수 없었으므로 최대한 후각과 촉
각 그리고 청각을 곧추 세워다. 아무 것도 느낄 수 없었다.
마치 최 노인처럼. 최 노인의 pale blue빛의 세상을 생각해
보았다. 생각만으로도 조금은 따뜻해지는 느낌이 들었다.
그때였다. 아무런 것도 느낄 수 없는, 아니 아무것도 없던
세상에서 정체 모를 향기가 안개처럼 피어 오르는 것 같이
느껴졌다. 그것은 한 번도 맡아 보지 못한 향기가 아니라 오
히려 너무 익숙해서 무엇인지 떠오르지 않는 그런 느낌이었
다. 나는 코를 벌름거리며 향기를 맡아 보았지만 사방에서

퍼져 나오는 향기의 진원지를 찾을 순 없었다. 아마도 저쪽 어둠 한 구석에 문이 있고 그 문의 밖으로부터 퍼져 들어오는 향기일 것이라고 생각했다. 문을 찾아내어 열 수만 있다면 지금의 추위와 어둠을 벗어날 수 있을 것이며 향기가 나는 밝은 조명이 있는 방으로 들어갈 수 있으리라. 몸을 일으키려 움직이려고 하는 순간 지축이 흔들렸다. 아니 온 세상이 깨었다. 어른거리다가 어두워졌던 세상은 다시 반대의 과정을 거치며 또렷해져 가고 추위도 없어지고 그저 약간 서늘한 느낌으로 바뀌었다. 눈을 떴다. 문을 열지 않아도 그곳에서 나올 수 있었다. 아니 그곳에서 튕겨져 나왔다. 그것은 핸드폰 진동과 꽃바구니였다.

"음. 웬일이야?"

전화기 저쪽 편은 다른 세상이었다. 남자친구는 지하철로 출근 중이었다. 차량의 덜컹거림이 들려왔고 어떤 이의 기침소리도 들려왔다. 사람들로 꽉 들어찬 지하철에서 나는 냄새까지 전해져 오는 것 같았다. 답답했다.

"아침은 챙겼니?"

그는 다시 차분해진 목소리로 돌아왔다. 그의 놀랄만한 능력은 자기 감정조절에 있었다. 그와 만나는 6년 여 동안 그와 나는 한 번도 싸우지 않았다. 첫째 이유는 그만큼 부대끼며 싸울 만한 여유가 없었고 두 번째는 내게 그 정도로 화나는 일이란 건 없었기 때문이었고, 세 번째는 그의 능력 때문이었다. 그는 어떤 심각한 상황도 단 며칠 만에 완전히 소화해 내었다. 내가 어떤 식으로든 그의 기분을 상하게 했더라도 그는 자기만의 방법으로 소화를 완전히 시키고 나서 나에게 연락을 했다. 그러면 그 일이 있기 전으로 돌아갔고 나는 그저 모른 체 받아주곤 했다. 그런 일들이 정상적이라고는 생각하지 않았지만 별로 계속 불편한 것을 이끌고 가긴 싫었기 때문이었다. 그런 면에서 그가 적지 않은 시간 동안 그래왔었다는 것은 그의 놀라운 능력이라고 밖에 말할 수 없다.

"어, 먹었어. 출근하는 길이야?"

신문지가 접히는 소리가 들렸다.

"음. 잠자리는 어떠니?"

정거장을 알리는 안내방송이 그의 목소리 뒤로 들렸다.

"괜찮아. 걱정하지 말고 출근 잘하고 술자리는 요령껏 피해. 요즘에 술 너무 많이 마시는 것 같아."

분명 그는 술자리가 꽤 많아졌다. 할 수 있는 모든 것에 열심인 그의 성격상 술자리를 요령껏 피하는 잔머리는 생각할 수 없을 것이다. 술자리를 즐긴다기보다 그는 그런 술자리와 싸우는 쪽이다. 그에겐 그런 면이 있다. 세상 모든 일들이 경쟁이고 싸움이었다. 그는 지금 분명 지하철 차량 문 바로 옆자리에 서있을 것이다. 자기 자리를 지키기 가장 수월한 공간. 역 안내 방송이 들리고 문 열리는 압축공기의 소리가 나면서 사람들이 부대끼는 소리가 들렸다. 계속해서 그는 중얼거렸으나 워낙 작은 목소리로 말했고 그 부대끼는 소리와 전화기 잡음 때문에 제대로 들리지 않았다. 새로 들어온 사람들이 차분해질 때까지 몇 십초가 걸렸고 그때까지 전화기 잡음도 계속되었다. 그리고 전화기가 다시 정상적으로 들려왔을 때 그는 마지막 말을 남겼다.

"…… 그래. 식사 잘 챙기고 다시 전화할게. 수고해"

나는 그에게 못 들었다고 말할 수 없어서 그저 알았으니 수고하라고만 말했다. 그리고 언제나처럼 내가 전화를 먼저 끊기까지 기다리고 있었으며 지하철 소리만 규칙적인 음파의 그래프처럼 커졌다 낮아졌다 했다. 전화기의 종료버튼을 눌렀다.

당신, 나 때문에 정말 행복한건가요?

5. 봄이 어떻게 시작되는 건지 아세요?

전화를 끊고 나자 박 씨가 막 대기실로 들어왔다. 식사 하셨어요? 라고 인사를 건네자 그는 똑같이 식사를 했는지 물었다. 그는 맞은편 의자에 털썩 앉았다. 그때 꽃바구니를 보았다. 최 노인에게 배달된 꽃바구니였다. 잠깐 잠이 들었을 때 놓고 간 모양이었다. 그러고 보니 꿈에서의 향기는 바로 꽃바구니였던가. 꽃바구니에서 편지를 꺼낸 나는 박 씨에게 금방 오겠다 하고 재빨리 1층으로 뛰어 내려갔다. 서두른다면 꽃을 배달하는 사람을 볼 수 있을 것이다. 그에게 최 노인의 상태와 어떻게 꽃바구니를 보관하는지 설명해 주어야 할 것만 같았다. 편지를 최 노인에게 읽어주고 있음을 말해야 할 것만 같았다. 병원 로비에서 몇 사람과 몸을 부딪치며 밖으로 나왔다. 병원 입구는 강렬한 아침 햇살이 내려 쬐고 있었고 입구 한 편의 항아리 재떨이에서는 꺼지지 않은 담배연기가 향을 피워 놓은 것처럼 매캐하게 흘러나오고 있었다. 눈이 부시고 공기가 매캐해서 눈을 찡그리며 주변을 살펴보았다. 꽃배달을 하는 차는 대부분 차종이 정해져 있거나 광고판이 새겨져 있거나 꽃이란 글자가 눈에 띄는 법이기 때문에 쉽게 찾을 수 있다. 하지만 아무리 둘러보아도 비슷한 차량을 발견할 수 없었다. 포기하고 편지를 보았다. 역시나 영감님께란 글자만 남겨져 있었다. 왠지 그들 틈에 끼어 있는 나를 알아주지 않는 것 같아 서운한 마음 비슷한 게들었다.

"뭐 찾는 거라도 있어요?"

나는 뒤를 돌아보았다. 서현수였다. 아침 햇살에 그의 얼굴은 더욱 하얗게 보였지만 잔뜩 걱정된 표정이었다. 나는 그냥 고개를 가로저으며 아니라고 했다.

"휴, 걱정했잖아요. 박 씨가 갑자기 뛰어 나갔다고 해서. 정말 무슨 일이 있는 건 아니죠?"

그는 멋쩍어하며 머리를 긁적거렸다.

"뭐가 걱정이 되는 거죠?"

그는 내 질문이 갑작스러웠는지 당황해 하며 말을 잇지 못하고 그저 내 눈만을 바라볼 뿐이었다. 사실 그게 궁금했다. 잘 알지 못하는 사람에게 설령 관심이 있다고 하더라도 처음부터 너무 친해지려고 노력하는 거나 알지 못하는 사정을 걱정해 주는 일이다. 보편적으로 남자들이 하는 행동이고 여자들도 그런 것쯤은 잘 알지만 누구하나 속 시원하게 말해주는 사람은 없었다. 다들 그냥 관심이 있어서 그런 거라고 직접적인 것을 회피한다.

"그냥……. 당신이, 걱정되는 거예요."

그는 고개를 숙이며 더듬거리듯 대답했다. 순간 분위기가 이상해져 간다고 느꼈다. 그래서 웃으며 걱정하지 않아도 된다고 말했으며 걱정하면 내가 오히려 불편해 질 거라고 덧붙였다. 내가 웃으면 말했기 때문에 그는 긴장을 어느 정도 푸는 듯 했다.

"그런데 대기실에 놓은 커피는 왜 안 드신 거예요? 내가 특별히 갖다 놓은 건데."

난 무슨 말인지 알 수 없다가 대기실에 놓아둔 캔 커피가 생각나서 아. 누구 건지 몰랐어요. 라고 대답했다. 그는 약간 실망한 표정을 지었다.

"그럼 우리 오늘 점심 같이 먹죠. 이 간호사가 같이 먹자고 했는데 제가 그쪽과 같이 먹자고 했더니 괜찮다고 했거든요. 어때요. 매번 혼자 먹으면 소화도 잘 되지 않고 우리 이제 계속 얼굴 보며 지낼 텐데. 좀 더 친하게 지내면 좋을 것 같아요."

한참을 그는 이야기 하고 있었고 나는 그저 고개를 끄덕였다. 사실 그가 점심 식사 같이 먹자는 얘기를 꺼냈을 시점부터 남자친구를 생각하고 있었다. 전화기 잡음에 묻힌 그의 말이 무엇이었을까 궁금했기 때문이었다. 뭔지는 몰랐지만 아침 출근 지하철 안에서 아주 중요한 이야기를 할 것 같지는 않았다. 하지만 왠지 뭔가 있을 것 같다는 여자만의 직감은 계속해서 마음에 걸리게 만들고 있었다.

서현수는 엄지와 새끼손가락을 펴며 전화기 모양을 만들어 자신의 볼에 대고 나중에 전화하겠다는 동작을 해보이고는 뒤돌아 뛰어 들어갔다. 나는 그를 따라 2층으로 올라가려다가 손에 들린 편지를 보았다. 아무래도 숙소에 있는 두 번째 편지를 읽어주는 편이 나을 것 같다는 생각이 들어서였다. 나는 205호 방 문을 열고 책상 서랍에서 두 번째 편지를 꺼낸 후 새 편지를 맨 앞쪽에 순서에 맞게 놓아두었다.

다시 대기실로 들어왔을 때는 몇몇 보이지 않던 보호자들이 와 있었고 서로 자신들의 환자상태에 대해 이야기를 나누고 있었다. 박 씨는 보이지 않았다. 나는 그들이 눈치 채지 못하게 중환자실로 들어갔다. 중환자실에는 이 간호사와 중년의 마른 몸매와 작달만한 키를 가진 수간호사 그리고 이제 막 실습을 시작한 듯 한 간호사 두 명이 환자들의 링거와 그들에게 꽂힌 알 수 없는 기계들처럼 분주하게 움직이고 있었다. 아침 햇살이 창에 가득해서 중환자실 내부는 마치 카페라도 되는 것 같은 분위기를 내고 있었으며 아주 고요했다. 최 노인은 그대로 천장을 쳐다보고 있었다. 나는 잘 쉬셨어요. 라고 인사하고 그는 눈을 마주치며 괜찮다고 이야기 했다.

"아까 꽃바구니가 또 왔어요. 뵙지는 못했지만 저번처럼 바구니와 편지를 놓고 가셨죠. 한번 뵈면 선생님 상태를 말씀드리려고 했는데……."

나는 두 번째 편지를 보여주면서 말했다.

그는 아쉽군. 하고 낮은 한숨을 푹 쉬었다.

"어디 불편하신 곳은 없으세요."

나는 그의 침대 구석구석을 살펴보았다. 그는 전혀 움직이지 못하고 있었다. 그를 둘러싼 모든 것들이 읽다 만 책 귀퉁이를 접어놓은 것처럼 그대로였다.

그는 잠자코 눈을 굴려 편지를 바라보았다.

나는 노란색 봉투를 뜯어 노란색 편지지를 꺼내 읽기 시작했다. 순간 향기가 퍼져 나왔다. 아까 꿈에서처럼 익숙하지만 알 수 없는 향기.

저는 병원을 좋아했습니다. 어릴 적 엄마 손에 이끌려
병원이란 곳을 처음 갔을 때의 느낌은 그랬습니다.
아무것도 모르는 나는 그저 사람들이 많았던 게
좋았나 봅니다. 병을 가지지 않은 사람에게 병원이란 건
그렇게 보일 수도 있지 않을까요? 보이는 일률적인

환자복 차림의 사람들과 어떠한 문제들을 링거에 담아
계속해서 투여하는 모습을 보면 건강하다는 이유로
그들과 다른 세상 어딘가에서 온 듯 한 착각마저
불러옵니다. 왠지 모르게 더욱 몸에 힘이 들어가는
것 같았고 기분도 훨씬 좋아져서 마치 그들에게
과시라도 하는 양 그렇게 굴었던 것 같습니다. 병원에
들어서면 처음 맡게 되는 소독약 냄새는 싫었지만
그 냄새에 몸과 마음은 그런 식으로 조건반사적인
행동을 하게 만들었습니다. 마치 매화가 봄을 불러내는
것과 같이 말이죠. 오늘 배달을 위해 차를 끌고
근교까지 나갔습니다. 제법 날도 풀려서 창문을 열고
달려도 시원할 정도였습니다. 한참을 달리다가 보니
향긋한 냄새가 날리는 겁니다. 분명 저의 차 안에서도
꽃이 있었으니까 처음엔 그 향기인 줄로만 알았죠.
하지만, 그건 차원이 다른 향기였습니다. 창피한
얘기지만 저는 꽃집주인으로서는 부끄럽게도 꽃에
대해 아는 게 별로 없거든요. 언젠가 얘기 드렸던
것처럼 회사에서 실직한 후 남은 돈으로 뭐든 하려다가
창업 센터에서 꽃집에 대한 과정을 보고 꽃가게를
하게 된 것이에요. 부끄러운 이야기지만 사실이에요.
꽃에 대한 애착이 없어도 꽃과 함께 생활 할 수는
있는 거예요. 어쩌면 우리를 둘러싸고 있는 것들은

애착을 가진 것들보다 그때그때 상황적으로 연출되어
버린 것들이 더 많을 지도 모릅니다. 특별히 인식하진
않지만 말이죠. 그래서 가끔씩 있어야 할 곳에 있는
꽃들과 나무보다 이미 죽어있거나 양육된 꽃과 나무들이
리얼하게 느껴지기도 하죠. 그래서 저도 그런 종류의
향기를 몰랐습니다. 그것은 겨우내 얼어있던 수분들이
조금씩 해동되며 떨어진 물방울들이 흙으로 다시
흡수되고, 그것들이 다시 뿌리 끝까지 도달한 후 나무를
깨우게 되고, 깨어난 나무들은 추위에 움츠렸던 몸을
펴고 다시 일상으로 되돌아오게 되는 거죠.
그 결과로 피어난 꽃들은 그런 모든 경로의 향기를 담고
있는 겁니다. 겨울 숲 시냇가에 떨어져 있던 낙엽
밑으로 단단히 얼어있던 낙엽 냄새가 한껏 배인 얼음의
냄새, 축축하고 미네랄이 풍부한 보드라운 흙냄새와
나무가 처음부터 가지고 있었던, 한 자리만을 지키고
있는 물체에서만 느낄 수 있는 그런 냄새까지 말이에요.
물론 병원 소독약과는 차원이 다르지만 구성요소는
비슷하다고 할 수 있지 않을까요. 영감님은 물론
매화 향을 기억하시겠죠. 조그만 시골언덕을 온통
뒤덮은 하얗고, 또는 연한 분홍빛과 선홍빛의 매화들
말이에요. 시야에 들어오는 매화를 보고 있어도
겨우내 시렸던 마음들이 풀릴 것만 같은데 향기는

말할 나위 없죠. 강렬하면서도 바람을 타고 전해지는 달콤하고 향긋한 냄새는 비닐하우스에서 가꿔진 그런 향기가 아닙니다. 아. 이런 향기를 전해드리고 싶은데 저만이 누리고 있어서 죄송합니다.

저는 이런 생각을 했습니다. 야생에서 자라는 꽃과 나무처럼 그런 내음들을 담아내는 사람이 되었으면 좋겠다고 말입니다. 사람들은 환경에서 받은 냄새들을 담아내겠지만요. 저는 그냥 찌든 냄새가 아닌 향기로운 사람이 되고 싶어요. 과연 그런 향기를 맡을 수 있는 사람들은 얼마나 될까요?

그는 편지를 읽는 내내 눈을 잠시 감았다가 뜨기도 하고 텁텁 하고 소리 내며 입을 뻐끔거리기도 했다. 몸을 아주 조금 가늘게 떨기도 했고 매화 향기를 생각하며 냄새를 맡고 싶은 듯 코를 약간 벌름거리기도 했다. 편지지를 그의 코 가까이 가져다주었다. 그는 잠시 눈을 감았다. 그리고 아주 기분 좋은 표정을 지으며 그대로 잠들었다. 그의 얼굴을 한참이나 바라보았다. 정말로 기분이 좋은 모양이었다.

"누나……."

막 중환자실을 나서려 했을 때 박 씨의 아들이 나를 불렀다. 나는 조용히 그에게 다가갔다.

"뭐 필요한 거 있니?"

그는 온 몸에 깁스를 한 상태였으나 표정만은 또래 아이들처럼 천진하게 보였고 무슨 장난이라도 하고 있는 것처럼 아무렇지 않아 보였다.

"누나라고 불러도 되죠?"

고개를 끄덕였다.

"몸은 좀 어떠니?"

그의 다리 깁스에 손을 올리고 물었다. 그는 약간 당황해하면서 수줍어했다.

"샤워도 못하고 머리도 못 감아서 그게 제일 고통스러워요. 헤헤."

그는 떡진 머리칼 밑으로 해맑은 미소를 지었다. 박 씨의 웃는 모습과 비슷한 얼굴이 거라고 생각했다. 실제로 박 씨가 웃는 모습을 본 적은 없지만.

"빨리 회복하면 그때 하면 되지. 그땐 정말 시원하겠다. 그치?"

예전에 내 모습이 생각나서 웃었다.

"누나, 아까 그 편지에서요. 매화 있잖아요? 정말 매화 향이 그렇게 강한가요? 전 한 번도 맡아 보지 못한 거 같아서요. 미안하지만 누나가 읽어주던 편지 다 들었어요. 그리고 들으면서 매화가 꼭 누나 같다는 생각이 들었어요. 비밀이지만. 누나는 좀 특별하거든요."

박 씨 아들은 목소리를 낮추고선 다른 사람이 듣지 못하게 조그만 목소리로 이야기 하였다.

"그래? 미안하지만 나도 매화 향은 잘 모르는데……."

"누나가 오기 전엔 여긴 완전히 독서실 같았다니까요. 환자는 환자처럼. 의사선생님과 간호사 누나들은 그들 나름대로 공부만 하는 독서실 같았어요. 독서실 가본 적 있어요? 독서실은 항상 그런 냄새가 나요. 먼지 냄새 같기도 하고 곰팡이 냄새 같기도 한 냄새요. 거기다가 지하실 독서실에서 담요 같은 걸 빨지 않으면……. 휴~ 누난 상상도 못할 거예요. 들어가자마자 숨이 막혀 죽을 지경이라니까요. 근데 누나가 오고 난 후에는 모든 게 달라졌어요. 특히 의사선생님이 항상 기분 좋은 얼굴이고 그러니까 덩달아 간호사 누나들도 웃는 일이 많아졌어요. 그러니까 보호자들에게도 친절하게 대해주고……. 한번 보세요, 환자들도 악화되는 사람이 없어요. 그리고 햇볕도 훨씬 따뜻해졌다고요."

나는 주위를 둘러 다른 환자들을 살펴보았다. 그러나 모두들 잠을 자고 있거나 의식이 없을 뿐이었다.

"기분 좋은 애기이긴 한데. 그건 봄이 되어서 햇빛이 따뜻해진 거고 네가 마음이 푸근하니까 그렇게 보이는 거라고 생각해. 그리고 그 편진 내가 쓴 게 아니라 어떤 사람이 선생님에게 쓴 편지야."

편지 봉투를 들어 그에게 보여주었다.

"아무튼요."

그는 사춘기 소년의 약간은 징그러워 보이는 얼굴을 하고 있었다. 나는 가볍게 머리를 툭 친 뒤 다음에 보자고 하고 중환자실을 나섰다. 대기실엔 아까 앉아 있던 사람들이 아직도 무언가를 열심히 이야기하고 있었다. 난 꽃다발을 들고 나와서 간호사실에 갖다 놓고 메모지와 볼펜을 찾아내 송 간호사에게 라고 적었다. 간호사실은 휴식 공간으로는 탁자와 의자 몇 개가 전부이고 사방이 목욕탕에서나 봄직한 사물함 같은 것으로 둘러싸인 방이었다. 좁은 공간에서 그녀들은 옷을 갈아입고 간식도 먹으며 또 과제물 같은 것을 할 것이다. 여자들만의 공간이지만 내부에선 알 수 없는 슬픔 같은 냉기가 돌았고 냄새도 그리 좋지는 않았다. 비누냄새며 여자들의 흔한 향수 냄새는커녕 세탁물 보관소 같은 냄새가 나고 있었다. 하지만 간호사실을 나올 때는 갖다 둔 꽃바구니의 향기로 가득해졌다. 벽에 걸린 스타킹들이 그 향에 취해 기분 좋게 늘어져 있었다.

205호 문이 열렸다. 나른한 봄의 오후가 한창이다. 한껏 파티를 즐기던 봄빛이 흥청망청대는 모습으로 사방으로 튀었고 아주 미세한 먼지들이 반사되고 있었다. 한 테이블에 앉아 이 간호사와 서현수와 식사를 하는 동안 내내 자리가 불편했다.

셔츠에 한 줄로 달린 단추들 중 하나가 떨어졌다. 똑같은 단추는 여분이 없으므로 대충 구할 수 있는 비슷한 크기의 단추를 달아 놓았다. 하지만 매번 셔츠를 입을 때마다 다른 단추들과 다른 그 단추는 손으로 느끼기엔 완전히 다른 느낌이었다. 게다가 단추를 끼워 넣는 다른 쪽의 틈도 헐겁거나 꽉 끼게 된다. 그때마다 철저하게 같지 않음을 느낀다. 전혀 비슷하지 않은 것이다. 게다가 색깔마저 확연히 눈에 띄게 다르다.

그들이 병원 얘기에 열을 올리고 있을 무렵 나는 스스로가 그렇게 서로 다른 단추처럼 느껴졌다. 임시로 달아넣은 단추처럼 어정쩡하고 불편하기 짝이 없었다. 난 이만 가봐야겠다고 말하고 자리를 일어났다. 서현수는 같이 가자고 했지만 이 간호사가 할 얘기가 더 있다며 그를 붙잡았고 나는 그에게 좀 더 있는 게 낫겠다고 말하고 식당을 나섰다. 병원 식당에서는 항상 그렇게 밋밋한 반찬 냄새 같은 게 나는 것 같다. 무선 주전자 스위치를 올리고 커피라도 마셔야겠다고 생각했다. 진한 아메리카노나 에스프레소가 간절히 생각났지만 간단히 커피믹스를 마신 다음 조금 쉬었다가 다시 중환자실로 가야겠다고 생각했다. 기다리는 동안 서랍에 있는 편지들을 모두 꺼내어 식탁에 올려놓고 세 번째 편지를 뜯어보았다. 또다시 익숙한 향기가 느껴졌다. 그것은 어쩌면 향기가 아니라 그의 필체가 만들어내는 것 같았다. 그는 상당히 글씨를 잘 썼다. 그의 손가락을 상상해 보았다. 글씨를 많이 쓰고 가위질도 제법 할 테니까 아무래도 검지

나 중지손가락에 굳은살이 있을 법도 했고 혹은 약간 휘어
있을지도 모른다.

목련이 피었습니다. 사실 어떤 이유에서인지 모르지만
목련을 볼 때면 원숙한 여인이 생각납니다.
오늘 농장 근처에서 본 목련은 꽃잎들이 하나 둘씩
떨어지고 있었습니다. 그리고 왠지 모르게 쓸쓸해
보였죠. 영감님이 떠올랐기 때문이에요.
기억나세요? 제가 처음으로 영감님을 뵙게 된 그때
말입니다. 그때는 제게 여자 친구가 있었고 그날
꽃가게 앞에서 심하게 싸우고 있었죠. 그녀는 화가
나서 돌아가고 뒤를 돌아 가게 안으로 들어가려고
했을 때 순복이가 가게 앞에 내놓은 꽃이며 허브를
다 뜯어먹고 있었죠. 강아지들이 어떤 연유로 가끔씩
풀을 뜯어먹는 경우가 있다는 건 알았지만 그렇게
꽃을 따 먹고 있는 것은 처음 보았어요. 그래서 저는
말리는 대신 흥미롭게 보고 있었고 곧이어 영감님이
달려오셔서 순복이를 말렸죠. 이미 순복이의 하얀
입주변은 초록과 분홍, 노란색 물감으로 범벅이 된 후
였지만요. 영감님은 계속 미안해 하셨고 저는 그냥
재밌는 녀석이네요 괜찮다고 했죠. 말하자면 순복이
때문에 여자 친구와 싸웠던 기분이 저도 모르게 풀린

거였어요. 그 후로 저는 매일 앞을 지나는 순복이에게 꽃대신 간식거리를 준비해 주었고 영감님도 꼭 들러서 커피 한 잔 드시고 가셨죠. 물론 그때 매일 영감님께서 해주신 많은 얘기들은 제게 큰 가르침 같은 말씀이셨죠. 그리고 영감님과 순복이 때문에 여자 친구와 좋은 시간을 많이 만들 수 있었습니다. 오늘은 영감님이 정말 보고 싶습니다. 지금 병원에 계신 영감님을 생각하니 뚝뚝 떨어져 버린 꽃잎이 더욱 맘을 아프게 합니다. 그리고 영감님께 그녀를 더 이상 보여드리지 못하게 된 게 죄송할 따름입니다.

툭, 물이 다 끓었다는 소리가 들렸다. 머그잔에 물을 붓는다. 뜨거운 김이 올라오면서 금세 방안의 온기가 커피향에 섞이며 퍼졌다. 그는 무심한 편에 속하리라. 강아지가 자신의 꽃을 다 먹어 치워도 흥미롭게 바라볼 만큼. 그는 편한 종류의 신발을 신을 것이며 운동화 끈이 중간에 뒤집히건 말건 상관하지 않는다. 어쩌면 끈대신 찍찍이가 달린 신을 신고 있을지도 모른다. 지저분한 성격은 아니어도 바지는 언제 빨아 입었는지 모를 수도 있다. 여자 친구가 항상 향기처럼 붙어있다. 하지만 너무도 익숙한 그 향기가 좋다고 얘기해 준 건 바지를 빤 날을 기억 못하는 것과 마찬가지로 기억할 수 없다. 그래서 그녀는 떠난다. 그리고 그는 그 향기만을 추억한다.

샛노란 봄의 담벼락을 바라봅니다. 싱그럽기까지한
노란색은 이제는 봄의 대명사처럼 느껴집니다.
아무리 무심한 사람도 개나리가 나란히 열을 지어
피어있는 것을 보면 봄을 느낄 정도죠. 이미 다른
꽃들이 피어서 봄이 시작되고 있음을 알렸음에도
개나리가 피어야만 봄이 시작된 것을 느끼는 겁니다.
유난히 아이들 동요에 많이 나오는 꽃이라 그런지
저도 개나리를 보면 아이들의 노란 비옷 같은 것도
생각나고 몸집보다 큰 가방을 매고 있는 모습이
생각납니다. 하긴 이맘때면 어른들 옷에도 노란색을
많이 볼 수 있습니다. 그녀도 노란색을 참 좋아했었는데.
저 역시 뒤늦게 그녀가 떠났음을 알게 되었습니다.
시작된 봄을 막을 수 없듯이 시작된 이별도 어찌할
수 없는 것이겠지요. 그런 생각이 들었습니다.
그녀를 닮은 개나리꽃은 보색이 있어야 더욱 돋보일 수
있는 거라고 생각합니다. 검은색에 가까운 짙은 색의
가지와 잎이었다면 더욱 돋보였을 거라고 생각합니다.
하지만 줄기와 잎은 연한 초록으로부터 시작되죠.
그러다 보니까 꽃과 꽃 사이에 드러난 초록색이
오히려 꽃잎의 노란색을 약하게 하고 있었습니다.

마치 저처럼 말입니다. 그러니까 저는 보색으로 그녀를
더욱 빛나게 하는 게 아니라 그녀의 색을 변질시키거나
혹은 채도를 빼앗고 있었다고 느껴집니다.
담벼락 위로 얼굴을 비친 개나리 꽃잎 하나가 자꾸만
저를 쳐다봅니다. 그리고 말합니다. 바보라고.

편지를 내려놓고 머그잔을 들고 창가로 갔다. 중환자실은
여전히 똑같은 계절이었고 여전히 분주한 모습이었다. 병원
입구에는 환자와 보호자와 외래 진찰을 받으러 온 사람들까
지 뒤섞여 북적이고 있었다. 항아리 재떨이에서는 연기가
모락모락 피어올랐고 병원 입구에서 조금 떨어진 잔디밭 옆
으로는 보호자가 환자를 휠체어에 태워 바람을 쐬고 있다.
휠체어 위로는 링거가 두 개나 매달려있고 등받이 뒤쪽으로
는 소변 주머니가 끼워져 있었다. 두 사람은 거의 말을 하지
않고 있는 것처럼 보였다. 그저 미풍에 보호자의 머리칼이
흔들거릴 뿐이었다. 그 앞에서 박 씨가 건물 모퉁이를 돌아
나타나서는 연기가 나는 항아리 재떨이의 연기를 없애고 있
었다. 담배를 피우고 있던 사람들은 몇 발자국 물러나 박 씨
를 바라보고 있다. 나는 노란색을 찾고 있었다. 환자복에는
노란색이 없다. 강한 원색이 환자들에게 자극적일 수도 있
을 것이다. 보호자로 보이는 사람들의 옷에서 노란색을 찾
아보았다. 눈에 띄는 원색의 노란색을 입고 있는 사람은 없

었다. 노란색이라고 볼 수 없을 만큼 다른 색 틈에 끼어 순수한 톤을 잃어버린 것들뿐이었다. 채도를 잃어버린 노란색은 금세 눈을 돌리게 만들었다. 그 역시 이런 걸 보았을 것이다. 그밖에 정원과 담벼락, 그리고 나무들이 있는 곳을 살펴보았으나 장미와 잡풀만 무성할 뿐 노란색은 없었다. 아마 있다손 치더라도 이미 초록이 무성한 곳에서 노란색은 역시 톤과 채도를 잃은 채 방황하고 있을 것이다. 나는 옷장에 넣어둔 옷들 중에 노란색을 찾아보았다. 마침 루니툰의 벅스버니가 인쇄된 티셔츠가 있었고 그것을 몸에 대보았다. 약한 톤의 노란색이지만 그래서인지 더욱 신선하게 느껴졌다. 백팩에 편지들을 접어 넣어두고 205호를 나섰다. 기분 좋은 습기를 머금은 바람이 불어왔다.

"안 된다는 법은 딱히 없지만 좀 의외인데요?"

서현수는 나를 보자마자 아래위로 훑어보며 말했다.

"뭐가요?"

"노란색 티셔츠요."

그는 벅스버니를 보고 있는 건지 이상한 상상을 하는 건지 알 수 없을 정도로 내 몸을 뚫어져라 쳐다보았다.

"그렇게 쳐다보면 내가 불편하죠. 옷이 이상한가요?"

뭐가 묻었는지 살펴보았다.

"아니요. 그런 게 아니라 여기서 노란색 옷을 본 적이 없는 것 같아서요. 왠지 병원에 오는 분들은 노란색을 안 입는 것 같다는 생각이 들었어요. 음, 분명 보지 못했어요. 심지어 어린애들도 말이죠. 이상한 일이네요"

그는 계속해서 고개를 갸우뚱했다.

"이상한 게 아니라면 그렇게 쳐다보는 건 실례군요."

나는 조금 쑥스러워졌다. 그는 머리를 긁적거리며 믿을 수 없다는 표정이었다. 사실 중환자실까지 오는 동안 사람들의 시선을 못 느꼈던 것은 아니다. 마치 내가 살이 빠지고 난 뒤 학교에 갔던 지난 대학시절의 그날처럼 사람들은 나를 쳐다보았다. 익숙한 거라서 개의친 않았지만 역시 노란색은 병원에 어울리지 않는 것 같다.

"선생님, 이상한 가요?"

나는 최 노인에게 다가가서 물었다. 최 노인의 pale blue 빛 눈동자는 노란색을 그대로 반사하고 있었다. 그는 무척이나 놀란 기색이 역력했으나 곧 *괜찮군 그래* 라고 말하고 싶어했다.

"그렇죠? 선생님. 병원이라고 해서 항상 우중충하거나 하얀 벽일 필요는 없을 것 같아요. 자극적일지도 모르겠지만 환자들에게 생동감을 줄 수도 있을 것 같아서요. 저부터도 줄곧 여기에 온 후로 이상하게 쉽게 피로해지고 우울해지고 했던 걸요. 그저 옷만 갈아입었는데도 기분은 물론 주변의 공기도 바뀐 것 같아 나름대로 만족하는데."

목소리 톤이 조금 높아지자 수 간호사가 힐끔 쳐다보았고 눈이 마주친 나는 고개를 끄덕여 미안하다고 했다.

음 그러고 보니 아주 좋은데. 내가 아는 어떤 사람과 똑같은 생각을 하는 구만. 그가 그렇게 얘기하는 것 같아 나는 대답했다.

"네, 맞아요. 사실은 선생님께 읽어드리는 그 편지를 읽다가 저도 모르게 생각이 난 거에요. 편지 읽어드릴까요?"

아니네. 됐네. 자네를 보고 있으니 그가 어떤 편지를 썼는지 대충은 알 수 있을 것 같네. 글자가 써진 편지를 읽는 재미도 있지만 그 편지를 읽은 사람과 이야기를 해보면 어느 정도는 전해지는 법일세. 나는 그와 어느 정도 오랫동안 보아 온 사이네. 그러니 세세하게 그 친구가 생각하는 것들은 대충 알 수 있지. 그렇다 치고 아가씨가 다행히 기분이 좋아진 것 같아 이 노인네도 기분이 좋다네. 사실은 젊은 아가씨에게 이런 일을 시킨다는 것은 나로서도 썩 내키지 않는 일이었네만 세상일이란 건 가끔씩 그렇게 꼬여가다가 또 풀리고 하는 걸세. 아가씨가 맘 편히 있어 주었으면 하는 게 내 바램일세.

한참동안 그의 눈동자를 바라보면서 그의 마음을 읽을 수 있었다. 다른 사람에게 이런 것에 대해 말한다면 아마 머리가 어떻게 됐다고 하거나 내가 만들어 내는 환상이라고 얘기할 것이다. 하지만 어떤 방법으로도 내가 그의 말을 이해하는 것을 설명할 순 없다. 그저 느끼는 것이다.

"어떻게 보이니?"

나는 박 씨의 아들에게 다가가서 물었다. 그는 줄곧 멍하니 나를 쳐다보고 있었다. 그 역시 약간은 놀란 모양이었다.

"아주 좋아요. 저 입원하고 노란색 옷을 입은 사람을 처음 보거든요. 노란색이 이렇게 예쁘게 보일 수도 있구나 하고 생각했어요. 보통 노란색하면 애들이나 입는 옷 색깔로 알고 있었는데. 뭐랄까 기분이 좋아지는 것 같아요."

"아니, 내 말은 병실과 어울리냐는 거야. 너무 튀거나 자극적으로 보이진 않니?"

그는 대답하지 않고 가만히 내 얼굴을 쳐다보았다.

"물론 아니에요. 누나 그거 아세요? 병실에는 계절이 없어요. 특히 이 중환자실에는요. 제가 추운 날에 들어왔는데 지금은 밖이 어떤지 그저 상상할 뿐이에요. 하긴 대부분의 환자분들은 계절 따위를 생각할 여력이 없지만 여긴 항상 똑같은 온도에 똑같은 습도죠. 창밖을 보지 못한다면 그저 보호자들의 옷차림이나 그들에게 묻어오는 것들을 통해서 계절을 알죠."

그는 차분하게 말했다.

"말하자면 어떤 것들이지? 묻혀오는 것들이란?"

"꽃 내음이랄지 겨울이면 코트 끝에 매달려 달아나지 못한 차가운 기운의 바람도 있어요. 그리고 반팔 아래로 배어져 있는 땀 냄새 같은 것도 계절을 알려주죠."

"너는 꽤 성숙한 아이로군."

나는 그의 머리를 쓰다듬었다. 그는 멋쩍게 웃었다.

"이게 다 저기 최 선생님 덕분이에요. 저와 항상 눈빛으로 이야기 하거든요. 마치 누나가 하는 것처럼 말이에요. 이 병실에서 그나마 이야기 할 수 있는 상대는 할아버지밖엔 없거든요."

"그렇구나. 내 욕은 하지 말아줘. 난 이만 나갔다가 저녁에 다시 들를게."

"그럴 리가요."

그는 고개를 끄덕였다.

조금씩 다가가고 있는 내 발자국 소리, 혹시 느끼고 있나요?

6. 이런 '나'라도 괜찮은가요?

이미 시작된 사랑처럼 멈출 수 없습니다.
벚꽃이 피면 축제가 시작됩니다. 사람들은 그에 따라
봄에 완전히 도취되어 버립니다.
튼튼한 나무에 풍성하게 피는 벚꽃은 보기에는
나무를 그대로 눌러버릴 만큼 피어나지만 그 잎은
하나하나가 바람에 날릴 만큼 얇고 보드랍고
그리고 가볍습니다.
차창으로 바람에 들어온 꽃잎 하나가 있었습니다.
그 어떠한 꽃나무보다 사람들이 하는 사랑을 잘
보여준다는 생각을 해봅니다. 어느 생가 보면
흐드러지게 피어나고 바라보고 있는 것만으로 마음이

푸근해지죠. 하지만 절정에 다다르면 바람과 혹은
비에 그것은 꽃잎을 하나 둘씩 잃어버립니다.
아니요, 잃어버리는 것이 아니라 동물이 털갈이 하듯
떨어뜨립니다. 하나 둘로 시작된 그것은 몇 백,
몇 천 개의 꽃잎을 순식간에 털어버리기도 하죠.
그제야 사람들은 마냥 취해만 있던 정신을 가다듬고
꽃잎이 지고 있음을 알게 됩니다. 하지만 그 어떤 것도
그것을 막을 수도 없으며 영원한 것이란 것은 없다고
체념해 버립니다. 꽃잎이 하나도 남지 않았을 때
더 이상 사람들은 벚꽃을 기억하지 않게 됩니다.
그런 것인가 봅니다. 다시 시작될 것을 기다리든지
아니면 어쩔 수 없는 것은 기억을 버리는 겁니다.
그래야 다시 시작할 수도 있고 기다릴 수도 있게
되는가봅니다. 어쩌면 저도 그렇게라도 하고 싶은지
모르겠어요. 하지만 꽃잎을 떠나보내는 나무는
언제나 울고 있습니다. 사람들은 쉽게 감탄하고 그저
잊으면 그만이라고 생각하지만 나무는 꽃잎을
잃어버리는 그 순간 더욱 단단한 껍질을 두르며 다시
올 그날을 위해 얇고 순진한 나뭇잎을 내기 시작합니다.

저도 기억합니다. 올해도 벚꽃이 피더군요.
어느 날은 벚꽃이 좋은 곳을 우연히 지나가기도

했습니다. 기분은요? 처음엔 설레었답니다.
나와는 상관없이 계절에 따라 피는 꽃이긴 하지만
바라보는 것만으로도 내게 무슨 좋은 일이 생길 것만
같았죠. 하지만 꽃을 볼 수 있었어도 향기를 맡지는
못했어요. 가까이 다가갈 수 없었기 때문이에요.
왜 그랬을까요. 아무도 나를 아는 사람도 없을 뿐만
아니라 설령 마주치고 싶지 않은 사람을 만난다
하더라도……. 그저 벚꽃을 구경할 뿐인데요. 그래서
멀찌감치 떨어져서 벚꽃과 그리고 그 둘레를 가득
메운 사람들을 넋을 놓고 구경하고 있었죠. 나는
언제부터인지 그렇게 한창인 축제의 구석에 홀로
서있었어요. 축제에 참여하고 싶어도 내키지 않았고
그 술렁이는 속에 들어 있게 되면 어딘지 모르게
불편한 마음이 되기 일쑤였죠.
사람들이 모이면 피해서 한적한 곳으로 발을 옮기거나
고개를 숙이고 맙니다. 그래서 저는 남자친구에게
전화를 걸었죠. 남자친구는 끝내 전화를 받지 않았어요.
하긴 받았다 하더라도 당장에 달려올 만한 여건은
되지 못했을 거예요. 어찌 보면 다행이네요. 씁쓸하게
서로 할 말을 찾다가 끊게 되면 그게 더욱 난처하게
되는 걸요. 저는 서둘러 자리를 피했고 그 후로
매일같이 찾게 되었지만 결과는 항상 똑같았어요.

비가 오는 날은 차라리 나았죠. 한적한데다 떨어져
있는 꽃잎도 제법 예쁘게 보였거든요. 그러다 보니
이번 벚꽃을 저만큼 많이 본 사람은 없다고 생각해요.

특이한 사람을 보았어요. 제가 주로 지나가는 거리는
벚꽃이 아주 좋아서 이맘 때면 항상 사람들로 북적이죠.
도로를 막거나 하진 않지만 갓길주차도 심하고 해서
보통사람들은 벚꽃을 구경하는 목적이 아니면 웬만하면
다른 길을 이용하죠. 하지만 저는 매일 그 길을
지나칩니다. 사람과 벚꽃을 구경하기 위해서예요.
둘 다 공통적으로 매일 보는 것이지만 매번 새롭다는
거예요. 벚꽃도 처음 피기 시작해서 꽃잎이 다 떨어질
때까지 꽃잎이나 나뭇잎, 가지의 색까지도 변하거든요.
처음엔 알기 어렵지만 매일 매일 지나치며 보게 되면
알 수 있는 것들이랍니다. 아. 특별한 사람이란
말이에요. 제가 지나칠 때마다 보는 한 여성인데.
거의 매일 벚꽃을 보러 나오는 거예요. 하지만 날이
좋고 사람이 많은 날엔 왠지 모르게 사람들 무리 틈에서
한참 벗어난 곳에서 이제 막 전학 온 학생처럼 쭈뼛하게
서있는 거예요. 그러다가 발길을 돌려 가 버리거나
고개를 푹 숙이고만 있죠.
그런데 비가 오는 날은 혼자 우산을 쓰고 벚꽃 바로

아래까지 가서 고개를 들어 벚꽃을 바라보거나 땅에
떨어진 벚꽃들을 유심히 살피면서 구경을 하는 거예요.
그러다가 다음 날 다시 맑아지고 사람들이 많이 모이게
되면 그녀는 다시 제자리로 돌아가죠.
어떻게 보면 우습지만 저는 왠지 알 것 같다는 생각이
들었어요. 저 역시 매일 차로 지나치면서 한 번도
내려서 벚꽃을 바라본 적은 없으니까요.
저에게 어디에선가 멈춰 선다는 건 참으로 위험한
일입니다. 바로 헤어진 여자 친구 생각이 나게 만드는
일이니까요. 저도 그냥 지금을, 시간을 지나치고만
싶습니다.

모두가 시간을 지나치긴 하죠. 하지만 누군가에게는
그런 일 조차도 버거운 법이에요. 저는 반대로
지나쳐 온 시간 때문에 힘든 경우죠.
바로 남자친구에 관한 이야기에요.
그는 저에게 벚꽃보다도 더 많은 걸 주려고 했어요.
하지만 저는 그냥 받기만 한 채 시간을 지나쳐 온
거예요. 사실은 그와의 교제를 시작할 지 어떨지
결정한 적이 기억나질 않아요.
어느 날 보니까 그가 내 옆에 있는 거예요.
그랬어요. 제가 이상하게 느껴질지 모르겠지만

그는 벚꽃처럼 어느 날 보니까 무성하게 꽃잎을
피우고 제 옆에 서 있는 거예요.
저는 예전에 그걸 알았어야 했어요. 몇 년이 흐르고
나니까 그가 그래왔었다는 것을 안 거예요.
지독히 무심한 사람 같이 들릴지 몰라도 사실이에요.
그리고 무심하려고 했던 것도 정말 아니랍니다.
사랑을 받아보지 못한 사람이라서 사랑이 어떤 건지
알지 못한 거죠.
이제라도 알게 되었으면 다행일 것 같지만 헌데
문제는 여기서부터 시작되었어요.
이제 저에게 그는 서서히 꽃잎이 지는 벚꽃이라는
거예요.
그가 꽃잎을 떨어뜨리는 게 아니라 제가 저의 사랑을
하고 싶어져서 그의 꽃잎이 떨어지는 거예요.
말하자면, 오랜 시간 동안 그는 내 옆을 지켜왔지만
제게 그건 사랑이 아니었어요.
그도 그걸 알고 있을 지도 몰라요.
워낙 현명한 사람이니까요. 하지만 그는 제가 가만히
있는 한 마지막 꽃잎이 질 때까지 제 곁에 있을
사람이에요. 그건 지금까지 시간을 지나쳐 온 것보다
더 나쁜 일이라고 생각해요. 그는 곧 가지만 남고
잎이 무성해지겠지만 다음 계절에 다시 꽃을 피워야만

해요. 그래야 된다고 생각해요. 진정으로 벗꽃을 지켜봐
줄 수 있는 그런 대상을 찾아야 해요.
저 역시 그래야 하구요.

어린 시절의 사진 한 장을 찾았습니다. 어릴 적 고향의
공원입니다. 분홍색의 철쭉이 만발한 배경으로 저의
어머니와 저의 형, 그리고 여동생이 서 있습니다.
당시 유행하던 머리, 인두머리를 하신 어머니는 말끔한
원피스를 입고 계십니다. 형과 저는 보이스카우트 옷을
입고 있네요. 저 때가 아마도 초등학교 2, 3 학년 정도
된 듯합니다. 그리고 여동생은 아직 학교를 들어가기
한참 전으로 보입니다. 우리 세 남매는 모두 반바지
차림에 하얀 면 스타킹을 신고 있습니다. 그때를
떠올려 봅니다. 기억할 수 있습니다. 왜냐하면
그 사진을 찍으려고 했을 때 제가 계속해서 앞으로
움직여서 몇 번이나 다시 포즈를 취해야 했습니다.
결국 엄마의 품에 잡혀서야 움직이지 않고 찍을 수
있었습니다. 왜 그랬는지는 기억나지 않습니다만
오랫동안 그 날의 기억은 잊히지 않았죠.
철쭉을 볼 때면 젊은 시절의 어머니의 환한 미소와
그 날의 사진 찍던 일이 생각이 나면서 기분이
좋아지죠. 어쩌면 기억이란 것은 그리 나쁜 것만은

아니라는 생각이 듭니다. 아주 오래 지나면 철쭉에서
기억되는 유년시절 같은 기억이 될 수 도 있을 것만
같습니다. 나쁜 기억이랄지 아픈 기억 같은 것도
말이지요.
생물들은 자기 치유능력이 그렇게 있다고 들었습니다.
물론 불리는 건 제각기 다르다고 생각되지만요.
진화일 수도 있고 학습일 수도 있습니다.
우리는 아픈 만큼 다음에 아프지 않으려고 하니까요.
그러니까 지금의 느끼는 것을 소중히 해야 합니다.
가슴이 뻥 뚫려버릴 정도로 아프다고 하더라도
말이에요. 더욱 가깝게 자신이 느껴야만 합니다.
그래야 알 수 있고 기억할 수 있습니다.
지금의 저는 어떤 색깔, 냄새, 감촉을 가진 기억으로
남을 까요.

제 몸에서 나던 고약한 냄새를 기억합니다.
그건 설명하기 어려운 경험이었지만 그런 기억이
아직도 생생하게 남아있어요. 자랑할 만한 것도
아니고 오히려 부끄러운 기억이지만 지금에 와서
생각해보면 그때만큼 절실했던 적도 없었던 것
같아요. 물론 절실한 만큼 제가 무엇을 어떻게 한 건
아니었지만 죽을 만큼 절박하면 모든 게 바뀔 수

있다고 생각하게 되었죠.
그때부터 시작되었어요. 고약한 냄새와 나의 상처가
없어져버림과 동시에 제가 가진 향기도 없어진 거예요.
저는 한마디로 드라이플라워 같았어요.
생의 어느 한 시점에서 갑자기 선이 끊어지고 엉뚱한
곳에서 다시 끊어진 선이 다시 시작되어 버린 셈이에요.
그리고 저는 끊어져서 이어지지 않는 과거의 선들을
모두 잊었죠. 그런다고 해서 새롭게 시작된 선에서
다르게 시작한 건 아니었죠. 그저 연장선일 뿐인데
길을 잃은 것처럼 아무것도 남아있지 않았고 목적이
무엇인지도 모르는 채로 시작되어 버린 거예요.
어찌하면 정확히 설명할 수 있을까요.

그때가 언제였죠? 여자 친구와 영감님과 순복이와
함께 공원에 갔었던 그때를 기억하시나요?
지금처럼 아카시아가 피기 시작했을 무렵이었죠.
오랜만에 외출이라서 저와 여자친구도 마냥 즐거웠죠.
아카시아는 부드러우면서도 강렬한 향을 가졌다고
생각합니다. 제가 고등학교 시절 한때 아카시아
향수가 유행이었던 적이 있었어요. 또래의 여자
애들도 싸구려 향수를 뿌리던 시절이었기에 어디를
가나 아카시아 향기가 났었죠. 진짜 꽃향기는

아니어도 풋풋한 사춘기 소녀들에게서 나는 아카시아
향은 매력 있었죠. 그날도 그런 풋풋하기 만한
시간을 보내고 있었을 때였어요.
여자 친구는 순복이와 저 멀리서 쫓고 쫓기는
놀이에 빠져 있었고 저와 영감님은 그 모습을 보며
그늘에서 쉬고 있었죠.
그때 영감님께서 제게 말씀하셨죠.
우리 둘이 너무 보기 좋다고 하시면서 영감님은
지금이라도 제대로 다시 시작하고 싶다고 말이죠.
저는 그때 무슨 말씀이신지 알아들을 수 없어서
영감님께 그게 무슨 말씀이시냐고 사모님과 무슨
안 좋은 일이라도 있으신 건지 물었죠.
그때 영감님의 눈빛은 마치 갓 스물을 넘긴 청년의
눈빛처럼 보였어요. 연륜에 의해 사리를 깨우친 분의
깊어진 눈이 아니라 세상 모든 것들을 호기심으로
바라보는 불안하지만 생기 있고 어딘가는 슬퍼
보이기까지 한 그런 눈빛이었죠. 영감님은
"아닐세. 내가 젊은 사람 붙잡고 괜한 소리를
했네 그려."
라고 얼버무리실 따름이었죠. 가끔 그때를 생각하면
영감님께서 과연 그때 어떤 생각을 하고 계셨는지
궁금해집니다. 살아오신 그 많은 시간들 속에서

제대로 정리되지 못한 채 남아 있고 그것을 처음부터
다시 시작하고 싶으시다니…….
그게 과연 무엇일까요. 그런 일은 저처럼 아직
여물지 못한 사람에게서나 있을 법한 일인데.
영감님처럼 사리에 밝으시고 현명하신 분께서
그러시다니 도저히 믿을 수가 없었습니다.
하지만 올해 아카시아 향기를 맡으며 그 말을 이해할
수 있게 되었습니다.
그녀를 떠나보내고 난 뒤에 말입니다. 처음부터 옳은
방향으로 제대로 시작해야 한다는 것을요.
저는 계속해서 불안했던 겁니다.
저와 여자 친구의 문제는 누가 누굴 사랑하는 마음이
문제가 아니라 서로 옳은 방향으로 제대로
가고 있느냐 이었어요. 제가 잘나서도 아니고
진심으로 그녀가 제대로 된 사랑을 하길 바랬어요.
늦기 전에 말이에요.
제가 평생을 후회하는 일이 있어도 그녀를 위해서
또 저를 위해서 우리는 제대로 된 방향을 잡아야
한다고 생각했습니다.
영감님께서 누워 계시니 제대로 의논 한번 드리지
못하고 결정하게 되었지만 그 때 영감님의 말씀이
맞는다고 생각합니다. 그런 거죠?

줄곧 그런 생각을 해 왔어요. 너무 늦기 전에
무엇인가를 제대로 해야 한다고 말이에요.
제가 만들어 온 것이지만 저는 아무 것도 하지
않은 걸요. 이러다간 결국에 가서는 서로가
생채기를 낼 수밖에 없을 것만 같아요.
사람들은 곧잘 길을 잃거나 방향을 잃잖아요.
아무리 지리에 밝아도 그런 일은 꼭 일어나요.
한 번도 길을 잃지 않은 사람은 없을 거예요.
더군다나 우린 길이 아닌 생을 살아가고 있잖아요.
실패가 아닌 길을 잃는 정도는 얼마든지 있을 수
있는 일이 아닐까요. 그렇게 생각해요.
하지만 걱정이 되요. 챙겨주기만 하고 늘 곁에
붙어 있어 주었던 그를 어떻게 보낼 수 있을까요.
전 진심으로 그를 걱정하는 거예요.
그 사람은 아무 잘못이 없거든요.
아무것도 하지 않은, 아무런 방향도 없이
시간을 지나쳐 온 제게 모든 잘못이 있는 거예요.
글쎄요. 다른 사람이 듣는다면 별의별 이별의 핑계를
다 댄다고 타박할 지도 몰라요.
하지만 이별이란 이야기는 하고 싶지 않아요.
우리는 이별이 아니라 길을 찾는 거예요.
말씀하신대로 제대로 된 방향을 찾아 그 길을

따라 다시 시작해야만 한다고요. 그때라면 저 역시
저만의 향기를 찾을 수 있겠죠?

당신과 이야기 하고 싶어요.

7. 길을 찾기 위해선 다시 길을 잃어야만 합니다.

아침 햇살이 바쁜 듯 아침을 재촉한다. 참새가 아직도 있는 게 신기할 따름이지만 유년의 기억처럼 아침 햇살이 반짝일 때 즈음이면 어김없이 알람을 대신해 준다. 눈을 슬며시 떠 보았다. 아직 가시지 않은 새벽의 전령들이 천장 위에서 어지럽게 선회하고 있었다.

어느새 일주일이 훌쩍 지나버렸다. 병원 생활이란 것도 이렇게 무뎌지는 구석이 있다고 생각하니 어느 면에선 씁쓸해 지기도 하다. 무슨 일이든지 익숙해지고 무뎌지면 소금 간을 빼먹은 미역국처럼 느껴질 것이다. 얇은 홑이불을 걷어내고 슬립차림으로 205호 현관문을 열어 보았다. 오늘도 서현수는 우유를 놓아두었다. 그는 계속해서 무엇인가를 건

네준다. 남자친구가 항상 내 곁에 서 있었던 것처럼 그 역시도 말리는 데도 불구하고 매일 이렇게 우유를 놓고 갔다. 물론 이 간호사에겐 말하지 않은 거지만 내가 그에게 그만두라고 말을 하면 우유가 다른 것으로 바뀔 뿐 서현수의 행동은 바뀌지 않을 성 싶었다. 500ml 우유를 들고 들어와서 머그잔 가득 따라 단숨에 마셨을 때였다. 뭔가 내부로부터 강하게 밀어내는 느낌이 들었다. 갑자기 속이 메스꺼울 정도로 거북함이 느껴졌다. 그러면서 무언가 잘못되어가고 있다는 원인 모를 불안감이 밀려오기 시작했다. 호흡도 약간 가빠지는 것 같아 우유가 이상 있는 게 아닌가 싶어 유통기한을 보았으나 그건 정상이었다. 정상인 우유를 마시고 이상해 진 내가 비정상이었다. 감기에 걸린 건 아닐까. 특별이 열이 나고 있다든지 목이 아프다든지 하는 증상은 없었다. 어딘가 신체적으로 불편함이 있거나 아픈 게 아니라면 그것은 단순히 기분문제로 치부 할 수도 있을 것이다.

욕실로 가서 뜨거운 물로 샤워를 했다. 머리를 감고 샤워를 하는 동안 이상하게 레몬이 생각났다. 노란 코팅이 되어 있는 듯 매끈한, 손에 안기듯 잡히는 레몬. 한 입 베어 먹으면 기분이 나아질 것 같았다. 아니 그것은 기분이 나아지는 정도 이상의 무엇이 기다리고 있을 것만 같은 기대감이었다. 나는 젖은 머리에서 물을 뚝뚝 떨어뜨리면서 배스 타월로 몸을 감싸고 욕실을 나와 달력을 보았다. 생리 시작할 때가 된 거였다. 지난 일주일 동안 마치 시간이 정지된 것처럼 느꼈었지만 시간은 변함없이 흐르고 있었고 내 몸의 신체시간 역시 그 시간을 따라 변함없이 흘러왔던 것이다. 어쩌면 별다른 문제없이 병원생활에 잘 적응한 탓에 그렇게 느꼈을 수도 있었다. 나는 시간을 정해 비교적 정확하게 최 노인을 간병했고 간호사들과도 친하게 지낼 수 있었다. 물론 그 중간에는 서현수가 분위기 메이커 노릇을 잘 해 준 덕택도 있었고 박 씨 아들의 도움도 있었다. 최 노인도 상당히 만족스럽게 지낸다고 이야기 해 주었다. 비서실장은 그때 이후로 병원에 찾아오는 일은 없었지만 이틀에 한번 전화를 걸어 나와 최 노인의 안부를 사무적으로 묻고 끊었다. 아침은 205호에서 토스트나 오믈렛 등을 만들어 서현수가 배달해 주는 우유와 함께 먹었고 점심은 느지감치 서현수와 이 간호사와 같이 먹는 날이 많았으며 이 간호사가 오프인 날은 대신 송 간호사와 같이 먹었다. 그리고 저녁은 간호사들이 챙겨주는 군것질거리로 간단히 때우곤 했다. 박 씨도 간식거리를 몇 번 저녁에 들고 와 나를 챙겨주었다.

그런 식으로 병원 간병인 생활은 적응이 되어갔지만 남자친구는 지난 번 아침 전화 이후로는 연락하지 않고 있었다. 간혹 그런 일들이 있었기에 몇 번이나 그에게 전화를 걸어 볼까 하다가 그만 두었다. 마지막 통화에서 알아듣지 못했던 그의 말이 계속해서 찜찜했었지만 나는 망설이고 있었다. 그런 사이 일주일이나 흘러버린 것이다. 그리고 일주일째 꽃은 배달되지 않고 있었다. 나는 꽃을 기다리고 있었다. 엄밀히 말하면 꽃보다는 꽃을 들고 나타나는 그 누군가를 기다리고 있었다. 지금은 그가 꽃 대신 레몬을 한아름 안고 나타났으면 한다. 나는 무엇보다도 먼저 레몬이 먹고 싶다. 그런 생각으로 아무것도 하지 못한 채 끊임없이 다른 일들을 시작했다가 그만두고 있었다. 토스트 빵을 꺼냈다가 그만 두고 찬장에 다시 올려놓는 다거나 계란 몇 개를 냉장고에 꺼내어 놓고는 오디오 앞에 가서 시디들을 뒤적거려 보사노바를 틀어 놓았다가 몇 곡 듣지 않고 다시 stan getz를 몇 곡 듣고 다시 시디를 뒤적여 60년대 소울을 듣기도 했다. 결국 계란은 도로 냉장고에 들어가 차가워지고 나는 또다시 편지들을 뒤적였다. 이제 편지 한 개만 남았다. 그동안 일주일 동안 나와 제대로 된 대화를 한 사람은 그 사람밖엔 없다는 생각이 들었다. 그의 편지를 읽는 동안 나 역시 답장을 했다. 물론 실제 전하거나 했던 건 아니었지만. 이런 식으로 계속되다간 기분이 아예 가라앉을 것만 같은 생각이 들어 서둘러 중환자실로 올라가는 편이 낫겠다고 생각했다. 나는 백팩에 마지막 편지를 넣고 서랍 안쪽에 혹시나 몰라서 사 놓은 생리대를 몇 개 꺼내어 함께 넣었다. 그러면서 기분은 더욱 알 수 없게 되어 버렸다.

간편한 야구 저지셔츠와 검정 레깅스를 입고 스니커즈를 신었다. 205호의 문을 닫으면서 맡던 아침 공기는 먼지와 함께 압축된 비릿한 냄새가 났다. 혹시 그 냄새가 내게서 나는 건 아닐까 고개를 아래로 쭉 내밀어 냄새를 맡아 보았다. 분명 호르몬이 달라지는 때니까 몸에서 나는 냄새도 달라진다. 여중에 입학 하자마자 처음 생리를 하면서 알게 되었다. 생리를 하는 친구들에게서 나는 냄새 때문에 나는 조퇴까지 할 정도였다. 속이 메스꺼운 게 내가 아파서라고 생각했기 때문이었다. 그러면 정말 속이 좋지 않게 되었고 아무것도 먹지 못하고 오후가 되면 마치 몸살이라도 걸린 것처럼 아팠다. 그 냄새는 내가 생리를 하면서 알게 되었고 처음 생리를 하는 동안 하루에 샤워를 여섯 번이나 했다. 물이 몸에 닿는 날카로운 느낌보다 더 싫은 게 그 냄새와 흔적들이었기 때문이었다. 화장대에 놓여 있었던 지방시 향수를 양쪽 귀 뒤와 옆구리에 한 번씩 뿌렸다. 지방시 향수는 처음 왔을 때부터 놓여있는데 냄새만 맡아봤을 뿐 한 번도 사용해 본 적은 없었다. 찐득한 향수냄새가 왠지 내 나이또래에서 소화하기 힘들었기 때문이다. 금세 향기는 방안 전체로 퍼졌고 비릿한 냄새도 희미해졌다.

언제나처럼 아무렇지도 않게 병원 2층으로 향한 나는 곧 계단에서 내려오고 있던 병원 원장과 마주쳤다. 그동안 몇 번 지나치면서 목인사 정도만 했고 그는 인사를 받는 둥 마는 둥 했을 뿐 말을 걸거나 하지는 않았다. 오늘도 역시 목인사를 건네며 막 그를 지나치는 순간이었다.

"아가씨, 잠깐만 기다려보시게."

원장은 뒤돌아 나를 불렀다. 내가 뒤돌아보자 그는 같은 높이의 계단까지 올라왔다. 그가 바로 앞까지 다가오자 나는 뒤로 한 발 물러서며 물었다.

"안녕하세요. 무슨 일이라도 있나요?"

그는 넋이 나간 듯 나를 바라보았다. 나는 손을 얼굴부분에 올리며 뭐가 묻었는지 물었지만 그는 말없이 바라보기만 했다.

"무슨 일 없으시면 저 올라가 봐야 하는데요."

거북해졌다. 그는 잠깐 사이에 정신을 차린 듯 눈을 몇 번 껌벅거리더니 미소를 지었다.

"아 미안해요. 내가 잠시 무슨 생각을 하느라. 저기 아가씨 오늘 저녁에 시간 좀 내줄 수 있으신가?"

그는 내가 그를 본 이후로 가장 점잖게 이야기 한 것 같았지만 왠지 내키지 않아서 저녁엔 시간이 안 된다고 했다. 그러자 머리가 반쯤 빠져버린 정수리를 매만지며 말했다.

"아가씨에게 내가 그동안 무례했던 것도 있고 해서 말이야. 그리고 자네에게 최 선배에 대해서 꼭 해줄 얘기들이 있다네. 어떤가. 시간 좀 내줄 수 있는가?"

"아. 네. 그렇게 해 보도록 하죠. 퇴근하시기 전에 제가 원장실로 올라가겠습니다."

나는 적잖이 놀랐다. 그가 공손하게 사과를 한 것도 그렇고 최 노인을 최 선배라고 부른 것도 처음이었기 때문이다. 그는 아주 고마워하면서 5시정도면 어떻겠냐고 물었다. 나는 고개를 끄덕였고 그 역시 고개를 끄덕여 주었다. 따뜻해 보이는 미소와 함께. 그와 나는 서로 목인사를 하며 이따가 뵙겠습니다 라고 똑같이 말했다.

나는 곧장 대기실로 향했다. 이상하게 오늘은 대기실에 아무도 없었다. 시간을 보니 7시50분이었고 이 시간이면 오전 중에 이곳에 보호자들이 가장 많을 시간이었다. 뭔가 이상한 느낌이 들었다. 그래서 중환자실 앞 미닫이 출입문을 조금 밀어 안을 들여다 보았다. 평소 같으면 그냥 미닫이 문을 열고 들어갔을 텐데 오늘은, 오늘은 이상한 날이다. 레몬이 먹고 싶다. 레몬이 간절히 먹고 싶다.

열려진 틈으로는 제일 먼저 서현수가 서있는 게 보였다. 그는 창백한 얼굴로 고개를 떨구고 서 있었는데 왼쪽엔 내과 과장인듯한 사람이 차트를 들었다놨다 하면서 뭐라고 지시를 내리는 것 같았다. 서현수 뒤쪽에는 수간호사가 역시 고개를 숙이고 있었고 그 뒤로 송 간호사와 다른 간호사 두 명이 두어 발자국 뒤에 역시 죄수처럼 서있었다. 과장은 극

도로 화가 나 있었다. 그를 제외한 사람들은 그 앞에서 어쩔 줄 몰라 하고 있었다. 환자들마저 온실의 꽃처럼 잠들어 있는 척 했다. 수간호사가 선생님 이제 그만 하시죠 라며 그를 말렸지만 그는 계속해서 서현수에게 똑바로 해 이 자식아 라며 소리를 질러댔다. 나는 최 노인의 침대를 보았다. 하지만 최 노인의 침대는 푸른 병원용 커텐에 의해 가려져 있었고 나도 모르게 중환자 실로 뛰어 들어갔다. 순간 병실에 있던 모든 사람의 시선이 나에게로 쏠렸다. 공기가 얼어붙는 듯 했다. 박 씨의 아들도 눈을 떴다.

"저기요. 최 선생님에게 무슨 일이라도?"

나는 커튼을 걷어 최 노인을 보았다. 그는 몇 가지 기계를 몸에 달고 눈을 감고 있었다. 오른쪽 구석에 누워 있던 식물인간 환자가 달고 있는 것과 똑같았다. 그 기계가 최 노인의 호흡을 대신하고 있는 것 같았다. 링거는 꽂혀 있지 않았다. 입에는 구멍이 있는 플라스틱 관 같은 걸 물려두고 하얀 반창고로 고정시켜 놓았다. 입가에는 침이 흘러 하얗게 말라붙어 있었고 그의 눈 끝에서 귀까지 이어지는 하얀 눈물자국도 말라 있었다. 나는 너무 놀라서 몸이 부들부들 떨리기 시작했다.

"당신은 도대체 뭔데 이 시간에 여길 들어오는 거요."

과장은 분이 안 풀렸는지 나에게 고함을 치기 시작했다. 나는 멍하니 최 노인을 보고 있었다.

"이것 봐. 중환자실은 면회시간이 정해져 있는 거 알아 몰라? 이렇게 중환자실 기강이 개판이니까 문제가 생기는 거 아냐. 다들 똑바로 들어 앞으로 면회시간 준수하고 특히 보호자와 노닥거리다가 나에게 걸리면 시말서 준비하라고! 알았어?"

그는 모두에게 함부로 이야기 하고 있었지만 누구도 대적하지 못하고 있었다.

"알았습니다. 제가 다시 교육시키겠습니다."

말과 함께 수간호사가 그의 팔을 붙들고 병실 밖으로 나갔다. 내과 과장은 몇 번인가 중환자실에서 나와 마주치고 최 노인의 간병인이라고 소개하자

"수고하십니다. 언제나 필요하시면 들어와서 최 선생님을 체크하셔도 좋습니다." 라고 말했었다.

그는 그렇게 필요할 때마다 웃음과 친절을 흘리다가도 불리하게 되면 발톱을 꺼내드는 도둑고양이 같은 습성이 있는 듯 했다. 그때 왜 나는 내 남자친구의 얼굴이 떠올랐는지 모른다. 그리고 레몬.

송 간호사가 다가와서 내 팔을 잡았다.

"이제 그만 나가시죠. 나가서 천천히 설명 드릴게요."

서현수는 넋이 나간 채 그 자리에 돌처럼 굳어있었다. 무슨 일이었을까. 현재로선 송 간호사에게 자초지종을 듣는 편이 나을 것이었다.

그녀를 따라 올라간 곳은 옥상이었다. 옥상엔 박 씨가 있었다. 그는 시트를 말리기 위해 널고 있었다. 나는 그에게 인사를 했고 그는 우리를 보자 자리를 피해주려는 듯 목인사만 꾸벅하며 지나치려고 하고 있었다. 송 간호사는 아저씨 담배 좀 주세요. 라고 인사를 건넸고 익숙한 행동으로 박 씨에게 담배 한 개비와 라이터를 받았다. 두 사람은 종종 이런 식으로 인사를 나누는 듯 자연스러웠고 박 씨는 인사를 다시 하고는 우리가 들어온 입구로 내려갔다.

그녀는 한쪽 구석으로 가서 담배에 불을 붙이고 한번 깊게 들이마신 후 들이마신 것보다 훨씬 많은 양을 뿜어냈다. 그거로는 양에 차지 않았는지 그녀는 다시 한 번 들여 마셨다가 내쉬었다.

"정말 굉장했어요."

그녀는 조금 진정이 되었는지 나를 쳐다보며 말했다.

"네?"

"아까 보신 일 말이에요. 최 선생님일."

그녀는 다시 담배를 빨았다. 나는 레몬이 먹고 싶었다.

"무슨 일이 있었던 거예요?"

"어제 자정을 막 넘겼을 때 최 선생님이 갑자기 쇼크를 일으킨 거예요. 난리가 났었죠. 그 한밤중에 원장선생님부터 모든 과장급 의사 선생님들이 모두 모였다니까요. 제가 근무하면서 그런 것은 처음 봤어요."

　　그녀는 목소리가 들떠 있었다. 아직도 흥분이 가라앉지 않는 모양이었다. 나 역시 미세하게 몸이 계속 떨리고 있었으며 왠지 모르게 계속 불안한 마음이 가시질 않았다.

　　"그. 그런데 왜 저에겐 연락하지 않은 건가요? 환자가 위중하면 보통 보호자에게 연락하지 않나요? 더구나 제가 병원 숙소에서 자는 걸 모두가 알고 있었을 텐데요."

　　"후~우. 그건 원장선생님께서 명령하셨어요. 연락하지 말라고요. 그리고 원장선생님이 언니가 오기 바로 전까지 지키고 계셨다가 가신 거예요. 덕분에 내과 과장님까지 밤을 꼴딱 새운 꼴이 되었지 뭐에요. 그러니까 과장님이 저렇게 화를 내는 것도 당연하죠. 그분은 원래 좀 그런 면이 있어요. 그러니까 아까 그 일은 그냥 그러려니 하세요. 어쨌든 원장 선생님은 항상 말은 삐딱하게 하시는듯 해도 최 선생님을 끔찍하게 아끼신다니까요. 매일 매일 차트도 원장실에 올려서는 직접 체크하시고 필요한 게 있으면 직접 지시를 내리기도 하시구요. 아무래도 두 분의 인연은 보통 사람들이 생각하는 그 이상의 무엇이 있는 거 같긴 해요. 그렇지 않고는 자기 부인을 빼앗아간 사람을 어떻게 돌보고 있겠어요. 그것도 의사로서 말예요. 언니는 좀 놀라셨죠? 그렇죠? 하지만 중환자실은 언제 환자가 어떻게 될지 몰라요. 오늘까지 농담하면서 웃던 환자분이 다음날 근무 들어오면 침대가 빠져 있어서 일반 병실로 올라가셨나 하고 찾아보면 장

레식장에 가 있는 거예요. 정말 허무하죠? 제 엄마가 중환
자실에 안 계신 건 얼마나 다행인지 모르겠어요. 그러니까
그런 거예요. 중환자실은. 언제 어떻게 되더라도 하나도 이
상할 게 없는 곳. 그곳이 중환자실이에요.”

그녀는 멀리 보이는 산 쪽을 향해 눈을 가늘게 뜨며 짧아
진 담배의 마지막 모금을 빨았다.

“최 선생님은 그럼 어떻게 되는 거죠?”

나는 떨리는 목소리로 물었다. 혹시라도 그런 일은 없을
테지만 레몬을 가지고 있냐고 묻고도 싶었다.

그녀는 담뱃불을 솜씨 좋게 손가락으로 튕겨낸 후 구석으
로 꽁초를 던지고 나서 고개를 가로 저었다.

“힘들 것 같아요.”

한숨을 내쉬는 듯 말했다.

“네?”

나는 머리칼이 곤두서는 느낌을 받았다.

“그게 무슨 말이에요. 힘들다니요. 분명 저와 눈빛으로
애기할 만큼 상태가 좋으셨는데.”

내 눈에서 눈물이 뚝하고 떨어졌다.

그녀는 나를 가만히 쳐다보고 있었다. 그녀의 눈빛에서도
담배 냄새가 나는 것 같았다.

“그런 얘기 어디 가서 하지 마세요. 오해 사기 딱 쉬워요.
최 선생님 병세는 의식이 있을 수 없는 상태였어요. 약물과

산소호흡기를 떼기만 하면 그냥 편하게 돌아가실 수 있는 그런 상태였단 말예요. 뇌 역시도 이미 죽은 지 오래 되었고요. 언니니까 이젠 다 말해드릴 수 있는 거예요. 그 말은 그냥 기본적인 신체활동시간만 연장하고 있었단 말이에요. 그 시간이 뭐가 중요한지는 저도 모르겠지만요. 어쨌든 살아 있는 것처럼 보이지만 이미 죽은 사람이나 마찬가지였다니까요. 아무 것도 느낄 수 없고 생각할 수도 없는 그런 상태였어요. 여기로 오시기 전에 서울대학병원에서 할 수 있는 수술을 모두 해보고 포기 상태로 오신 거예요."

나는 호흡이 가빠지고 가슴도 답답해져서 울고 있었다. 어지럽고 다리가 후들거려 가만히 서있을 수 없었다. 내가 휘청거리자 그녀는 나를 붙잡았다.

"언니 괜찮아요? 이제 마음의 준비를 좀 하시는 게 좋을 거 같아요. 링거까지 뺐다는 건 이제 약물도 효과가 없다는 거거든요. 몸이 버텨주는 때까지 기다리는 일만 남은 거예요. 잔인한 얘기일지는 몰라도 언니가 아무런 상관 없는 간병인이라는 것을 알기 때문에 정확히 얘기해 주는 거예요. 그래야 언니도 상처받지 않겠죠. 갑자기 돌아가시거나 하면 놀라고 힘들어 질 수도 있으니까요. 언니 그러니까 아시죠? 제 말을?"

나는 주저 앉아버렸다. 그리고 소리 내서 엉엉 울고 말았다. 어째서 이따위의 일에 휘말려 버린 건지 알 수 없었다.

모든 게 그저 거짓말 이였으면 좋겠다고 생각했다. 그러나 이건 실제 일어나고 있는 일이었고 이제 와서 도망칠 수도 없는 일이었다. 그렇게 생각하니 더욱 두려워서 눈물이 났다. 무섭고 아팠다. 뱃속에서 미끈하고 찐득한, 기분 나쁜 것이 거칠게 몸을 탐하고 있는 느낌이 들었다. 노란 레몬이 죽을 정도로 먹고 싶었다. 생리가 시작되었다.

오전 내내 최 노인의 상태는 그대로였다. 시간마다 의사 진들이 몰려와서 침대 둘레의 장막 안으로 들어갔고 진찰을 하는지 무슨 제라도 드리는지 들리지 않는 목소리로 웅얼거릴 뿐이었다. 상태가 어떠시냐고 몇 번을 물어보았지만 의사 진들은 검찰에 조사받으러 가는 정치인들처럼 그저 고개만 절레절레 흔들 뿐 속시원하게 이야기 하는 사람은 아무도 없었다. 나는 10분 남짓한 면회시간에만 들어가서 최 노인의 상태를 체크할 수 있을 뿐 나머지 시간은 대기실에서 홀로 견뎌야만 했다. 그가 있었다면 어떤 상태인지 정확히 물어볼 수 있을 것 같았는데 서현수는 아침에 본 이후 사라져 나타나지 않았다. 내 몸은 점점 더 나빠지고 있었다. 생리가 시작된 이후엔 레몬 대신 샤워를 하고 싶다는 생각이 머릿속을 점령했다. 기분 나쁜 끈적거림이 남아있고 비린내가 몸에서 진동을 하고 있었다. 정오가 지나자 몸은 주체할 수 없을 정도로 무거워졌다. 나는 겨우 자리에서 일어나 허리 디스크를 앓고 있는 환자처럼 손을 허리에 대고 겨우 몇 걸음씩 옮길 수 있었다. 실제로 생리통은 배에서 시작해서 등과 허리로 옮겨갔다. 그런 불편한 자세가 측은해 보였는지 이 간호사가 다가와서 물었다.

"몸이 안 좋아요? 그럼 가서 좀 쉬어요. 제가 볼 때 최 선생님이 갑자기 어떻게 되시진 않을 것 같아요. 그러니까 좀 쉬다가 저녁에 올라오세요. 지금 시간마다 의사 선생님들이 들여다보시니까 괜찮지만 저녁엔 좀 더 위험해 질지도 몰라요. 아마 낮 시간 동안에는 별일은 없을 거예요. 혹시나 무슨 일이 있으면 바로 전화해 드릴 테니 가서 쉬세요."

가냘픈 그녀의 팔이 내 어깨를 감싸자 나는 힘없이 주저앉아 버렸다. 그녀는 나를 일으켜 일층의 병원 현관까지 부축해 주었다. 괜찮으니까 올라가라고 했더니 그녀는 정말 괜찮냐고 물었다.

"정말 괜찮아요. 이젠. 그리고 고마워요."

그녀는 잠시 머뭇거리다가 고개를 숙인 채 말했다.

"서현수 레지던트가 연락하거나 찾아오면 꼭 바로 돌아오시라고 좀 전해주세요."

나는 무슨 말인지 이해가 안 가서 우물쭈물 하고 있었다.

"그는 아침에 심하게 야단을 맞고 사라졌어요. 아마 그로선 견디기 힘든 얘기였을 거예요. 다시 돌아오지 않을 것 같은 생각이 자꾸만 들어요. 그는 어린애 같은 사람이에요. 제가 모든 걸 말씀드릴 수는 없지만 저는 그가 걱정 돼서 견딜 수가 없어요. 그래서 혹시나 하는 마음에 이렇게 자존심 상하지만 부탁하는 거예요. 어쩐지 수연 씨에게는 연락하거나 찾아갈 것 같아서요. 미안하고 그리고 부탁할게요. 꼭 그를 병실로 다시 보내주세요.”

그녀는 뜻 모를 말을 쏟아내고 뛰어 들어갔다. 나는 일사병에 걸린 아이처럼 어지러웠다. 가뭄 속에서 생존해야 하는 수생식물처럼 목이 말랐다. 쓰러질 것만 같았다. 하지만 무엇보다도 샤워를 해야 한다. 물의 잔매가 견디기 힘들 만큼 따갑겠지만 샤워를 안 하면 숨이 막혀 죽을지도 몰랐다.

태양은 이미 여름에 가까웠다. 한 걸음씩 옮길 때마다 꽃잎이 하나 둘 뚝뚝 소리를 내며 떨어져 나가는 것만 같았다. 꽃잎이 떨어져 나간 자리의 꽃받침은 어색할 만큼 헐거워 어쩔 줄을 모르고 백색의 광선에 타 들어가기 시작했다. 몇 십 걸음 되지 않는 숙소 1층 입구에 도착하는데 수십 분이 걸렸다. 건물이 만들어놓은 그늘 안으로 들어오자 날카로운 백색광선에서 달아날 수 있었다. 정신도 한결 나아지는 듯했다. 몸은 이미 땀으로 흠뻑 젖었다. 비릿하고 시큼한 냄새가 향수와 섞이며 불순한 혼합물의 색과 냄새를 뿜어대고 있었다. 난 심호흡을 두어 번 하고 정신을 가다듬었다. 무엇보다 2층으로 올라가 문을 열고 가방을 내려놓는다. 그리고 욕실에 들어가서 비를 맞을 때처럼 머리부터 따뜻한 물을 맞는다. 몸에 들러붙어 있던 껍질의 부스러기 같은 것과 냄새들은 물을 맞고 용해 되거나 쓸려 떠내려간다. 그것엔 내 안에서 흘러나온 불순한 것들도 섞여 있으리라. 나는 곧 시원함을 느끼고 상쾌함을 느낀다. 그리고 내게서 떨어져 나간 것들의 종말을 지켜본다. 내게서부터 시작되었고 내가 가지고 있던 것들에게서의 이탈. 그것은 끝과 동시에 시작이 되는 순간이다. 나는 길을 잃었다가 다시 찾을 것이다.

하지만 계단 중간 지점에서 나의 바램들은 무참히 깨어지고 있었다. 어찌된 일인지 205호 안에서 음악소리가 들려왔다. July London의 옛 재즈였다. 성숙한 여인의 목소리가 계단 통로에서 공명되고 있었다. 뭔가 설정해둔 게 있어서 play 됐나 생각했지만 절대 그런 일은 없었다. 그리고 이렇게 큰 볼륨으로 음악을 들었던 기억도 없다. 그렇다면 누군가 침입을 했다는 결론이다. 나는 머릿털이 쭈뼛 서고 동시에 다리가 후들거리기 시작했다. 입구까지 조심스럽게 다가갔다. 문은 조금 열려 있었다. 가만히 문틈으로 들여다봤지만 보이는 건 아무 것도 없다. 다만 그 틈으로 july london의 목소리와 음악만이 비집고 나올 뿐이었다. 문을 조금 밀어 마침내 안을 들여다본 나는 눈을 의심했다. 그는 서현수였다. 식탁에 걸터앉아 찬장에 놓여 있던 위스키 병을 통째로 갖다 놓고 마시고 있었다. 그는 창밖만을 응시하고 있었으며 술을 입에 갖다 대는 순간만 움직일뿐 마네킹처럼 꼼짝도 하지 않고 있었다. 내가 방에 들어올 때까지 그는 움직이지 않았다. 나는 만일에 대비해 문을 닫지 않고 아까처럼 조금 열려있게 놔두었다. 오디오의 볼륨을 줄이자 그제야 인기척을 느꼈는지 내 쪽으로 고개를 돌렸다. 그의 눈은 이미 빨갛게 충혈 되어 있었고 의사 가운은 헝클어진 머리칼처럼 심하게 구겨져 있었다. 그는 힘없이 고개를 꾸벅이며 인사를 했다.

나는 머리끝까지 화가 치밀었다. 그가 내 숙소에 있으며 술을 마시고 있다는 것에 화 난 것이 아니라 숙소에 들어오면 하려고 했던 것들이 이미 궤도를 이탈했기 때문이었다. 내 몸에서는 능글맞은 능욕이 꿈틀거리고 있었고 역한 냄새가 진동하고 있었으며 나는 간절히 그것들을 떼어내고 싶었던 것이다.

"여긴 어떻게 들어왔죠?"

나는 최대한 감정을 억누르며 물었다.

"죄, 죄송해요. 하지만 갈 데가 없었어요."

그는 도둑질을 하다가 들킨 아이처럼 고개를 푹 숙인 채 풀이 죽어 느릿느릿 대답했다.

"여긴 어떻게 들어왔냐고요. 박 씨가 열어 준 거에요?"

나의 감정조절 게이지의 빨간색으로 표시된 부분에 바늘이 걸려 흔들렸다. 내 몸도 같이 흔들리기 시작했다.

그는 일어서서 내 쪽을 향하며 말했다.

"정말 미안해요. 박 씨는 상관없어요. 저는 원래 이 방 키를 갖고 있었어요."

그가 다가서자 뒷걸음으로 몇 발짝 물러섰다. 그가 다가오던 몸짓을 멈췄다.

"그게 무슨 말이에요. 이방 열쇠를 가지고 있었다니. 그렇다면 저에게 미리 말해 줬어야 하는 거 아녜요? 그리고 이 행동은 뭐죠? 당신 이렇게 안 봤는데 정말 실망했어요."

그는 말없이 고개를 숙였다.

"그러지 말고 얘기를 해보세요. 서현수 선생님. 무슨 일이죠? 설마 혼났다고 이러는 건 아니겠죠?. 왜 그래요?"

나는 그의 앞까지 다가가 타이르듯 물었다. 하지만 그는 여전히 고개를 숙인 채 몸만 좌우로 흔들거리고 있었다.

"모두가 서현수 씨 걱정을 하고 있어요. 정 그러시다면 오늘은 집에 돌아가세요. 병원엔 몸이 좋지 않아 귀가하셨다고 얘기 드릴게요."

"그. 런. 친. 절. 은. 필. 요. 없. 어. 요."

느리지만 비교적 또박또박 이야기 했다.

"네?"

"모두가 걱정하지만 당신은 아니잖아요. 당신은 내 걱정은 조금도 안 하잖아요. 난 다른 사람의 걱정보다 당신이 나를 걱정해 주었으면 좋겠어요."

"그……. 그건. 저는 최 선생님 간병인이잖아요. 그리고 당신은 제가 걱정해 줄만한 사람이 아닌 걸요. 의사선생님이고 인기도 많으신 분이시잖아요."

"저는 당신이 좋단 말입니다."

한동안 나와 그는 아무 말도 하지 않았다. 바라보고 서있지만 그는 계속 고개를 숙여 바닥을 바라보고 있었고 나는 그를 바라보며 샤워하는 상상을 하고 있었다. 우리 둘 모두 길을 잃은 사람들일 뿐이었다. 길을 다시 찾아야만 하는 사람들.

"당신은 길을 잃은 것뿐이에요. 그러니까 그 얘긴 듣지 않은 걸로 할게요."

나는 그를 지나쳐 주방으로 가려 했다. 그가 내 손목을 붙잡았다. 난 그 손을 쳐다보았고 그는 곧 어깨를 들썩이며 훌쩍이기 시작했다.

"그만해요. 저도 여러가지로 힘들어요. 그리고 이거 놓……."

그가 갑자기 뒤에서 와락 껴안았다. 너무 강하게, 꽉 조이듯 안아서 숨이 멎을 것만 같았다. 그건 밀도가 아주 뻑뻑한 안개 속에 갇힌 느낌이었다. 나는 힘을 주어 몸을 빼내려 했다. 하지만 꼼짝도 하지 않았다. 이상하게도 그는 더 이상 어떤 행동을 하지 않고 그대로 굳어 버렸다는 것이다. 강제로 키스를 한다거나 하는 것도 아니었고 어깨를 들썩이며 훌쩍거리던 것도 없어졌다. 그냥 그대로 그는 얼어붙었다. 나는 내 몸에서 발산되고 있는 냄새를 그가 맡을까봐 수치스러웠다. 움직일 수 있는 건 입 하나 밖에 없었다.

"나랑 자고 싶어요?"

나는 침착하게 내가 할 수 있는 최대한의 방어를 했다. 그는 갑자기 뱀처럼 흐물거리더니 몸의 힘이 한꺼번에 빠져나가 흘러내리듯 꽉 움켜쥐고 있던 내게서 떨어졌다. 나는 그대로 등을 지고 서 있었지만 두려움에 꿈쩍도 할 수 없었다. 자존심이 무너진 남자들의 돌발 행동은 예측할 수 없는 것으로 바뀌기 쉽다. 나는 눈을 질끈 감았다. 하지만 흥분으로 거칠어질 것 같았던 그의 숨소리는 들을 수 없었다. 대신, 숨 막힐 정도의 침묵이 흘렀다.

"미안해요. 여러가지로. 제 열쇠는 식탁 위에 있어요. 제 일은 제가 잘 알아서 할게요. 쉬세요. 그럼."

그는 어느새 어제의 그가 되어 있었고 침착한 목소리로 그렇게 말한 다음 발걸음을 현관 쪽으로 옮겼다. 갑갑하던 안개도 같이 걷히는 것만 같았다.

탁. 문이 닫히고 다시 예전의 방으로 돌아왔다. 나는 문을 잠갔다. 덜컥. 그리고 오토바이도 자동차도 아닌 소리가 멀리서부터 가까워졌다. 방안은 백색광선과 술 냄새가 섞여 기묘한 무게를 던지고 있었다. 나는 힘이 풀려 식탁에 그대로 앉았다. 그가 마시다 남은 위스키 병을 들어 한 모금 마섰다. 독한 액체가 비강과 식도를 훑고 지나가 위장까지 떨어져 내렸다. 아무 것도 먹지 못한 터라 속이 쓰렸다. 지금 내겐 누군가가 필요하다. 남자친구에게 전화를 걸었다. 하지만 그는 대답하지 않았다. 다시 전화를 걸어보았으나 역시 마찬가지였다. 지금 내겐 누군가라도 필요하다. 내가 서현수에게 한 말은 장미의 가시 같은 말이 아니라 내가 그러고 싶은 것이었는지도 몰랐다. 나는 지금 코스모스처럼 힘없고 약하다. 나는 지금 위로 받고 싶다. 하지만 내겐 아무도 없다. 아무도 나를 원하지 않는다.

위스키 한 모금을 더 마시고 최 노인에게 배달된 마지막 편지를 꺼냈다. 현재 내겐 편지밖에 없었다. 그 사람이라면 아무런 이유나 의도 없이 위로해 줄 수 있는 사람이었다. 나는 그에게 기댄다. 눈물 없이 기댈 수 있어서 좋다. 편지를 식탁에 내려놓고 위스키 한 모금을 다시 마셨다. 세 모금 째의 위스키는 흥분을 불러 일으키기 쉽다. 갑자기 몸이 달아오르기 시작했다. 모든 세포들이 날뛰듯 에너지를 발산했고 몸의 모든 감각은 민감을 넘어 곤충의 더듬이에게나 있을 법한 예민함을 갖게 하였다. 순간 지독한 냄새가 내 몸에서 흘러 나오는 걸 깨달았다. 무거워진 몸을 일으켰지만 현기증 때문에 휘청거렸다. 마음 속 모든 것은 깨어있었지만 껍데기는 중세 기사의 갑옷처럼 무겁고 둔탁했다. 그대로 욕실에 들어가 옷을 입은 채 샤워기를 틀었다. 차가운 비가 내렸다. 그리고 조금 지나서 뜨거운 비로 변했다. 머리부터 비를 맞기 시작했다. 뜨거운 김이 곧 욕실에 가득 찼다. 몸에 달라붙어 있던 악취는 옷가지 끝까지 밀려나 비명을 지르기 시작했고 세찬 물줄기와 농도 짙은 김에 의해 질식하며 떨어져 나갔다. 나는 눈을 감는다. 그 냄새들의 죽음을 지켜볼 수 없어 귀로 그들의 비명소리를 듣고 있다. 그리고 비명소리가 잦아질 때쯤 서서히 남은 껍질을 벗어버렸다.

　잠에서 깬 것은 순전히 전화벨 소리 때문이었다. 그렇지 않았다면 부드러운 순백의 코튼에 휩싸여 영원히 잠들어 버렸을지도 몰랐다.
　"여보세요. 수연 씨 이간호사에요."
　상당히 다급한 목소리였다.
　나는 목소리가 잠겼으므로 헛기침을 한번 하고 대답했다.
　"네. 무슨 일이라도……."
　"빨리 와 보세요. 최 선생님이 다시 발작하기 시작했어요. 아무래도 오늘을 넘기기 힘들 것 같아요. 가족들께는 벌써 연락 했어요."
　그녀는 급하게 전화를 끊었다. 벌떡 자리에서 일어났다. 머리가 지끈거렸지만 더 이상 악취는 나지 않았다. 욕실에 들어가 벗어놓은 옷가지들을 세탁기에 넣어두고 양치를 했다. 양치를 하는 내내 손이 덜덜 떨려 몇 번이나 칫솔에 잇

몸을 찔렀다. 치약거품 속에 피가 조금 섞여 나왔다. 잇몸이 쓰렸다. 물로 입안을 헹구고 대충 옷을 걸쳐 입고 지방시를 뿌렸다. 손이 계속 떨려 거울 속의 나에게 주문을 걸었다. 아무 일도 없을 거라고. 괜찮아 질 거라고. 하지만 거울 속 그녀는 힘없이 웃고 있을 뿐이었다. 그녀는 쓸쓸해 보였고 수척해 보이기까지 했다.

"안녕하세요. 언제 오셨어요? 최 선생님은요?"

비서실장은 병원 입구에서 원래부터 거기 서있던 동상처럼 꼼짝도 않고 있었다.

"네, 아까 도착했습니다. 가족들과 함께요. 아가씨께서는 잘 지내셨습니까?"

긴박한 상황에서도 그는 목소리 톤 하나 변하지 않고 있었다. 자동 응답기처럼.

"네. 새벽에도 발작이 있었다고 해서 아침에 이래저래 피곤했나봐요. 잠깐 잠이 들었는데……. 선생님은 어떠세요?"

"힘드실 것 같습니다."

그는 고개를 숙이고 말했다. 엷은 한숨이 묻어나왔다.

나는 아무 말도 할 수 없었다. 하필이면 지금 이런 때에 앞가림도 못 가릴 정도로 생리에 시달리고 있다니. 그것 때문에 컨디션도 안 좋고 뭔가 제대로 대처하지 못한 것처럼 보이는 것도 마음에 안 들었다. 게다가 최 노인이 죽을 것 같다니 실감도 안 나는 슬픔 같은 게 한꺼번에 밀려왔다. 나는 어지러웠다. 몸이 흔들거리더니 그대로 주저앉을 뻔 했다. 비서실장은 반사적으로 나를 부축하여 안아 주었다. 아주 딱딱한 나무 같은 몸이었다. 어떤 향기도 체온 같은 것도 없었다. 딱딱한 공원벤치에 몸을 대고 있는 것 같았다. 나는 움직일 수 있는 힘이 없었다.

"잠시 만요. 조금 어지러워서."

그의 팔을 붙잡았다. 그는 고개만 끄떡거릴 뿐 나를 감싸 안거나 하지는 않았다. 어정쩡한 그대로 아무 말 없이 서있을 뿐이었다. 그는 역시 변하지 않은 목소리로 말했다.

"아가씨께 간병을 부탁하신 건 애초에 회장님이셨고 이 사실에 대해 가족 분들은 전혀 알지 못합니다. 지금 그 분들은 대기실에 모여 임종을 지키고 계십니다. 갑자기 아가씨가 나타나는 것은 좋지 못할 수도 있습니다. 하지만 아예 오지 못하게 하는 건 회장님도 원하시는 바가 아닐 것입니다. 그러니까 약간 친분이 있는 분으로 계셔 주셨으면 합니다. 간병도 하지 않은 것으로 말입니다. 병원 측엔 이미 제가 설명해 놓았으니 별다른 변수는 없을 겁니다. 가족들은 가족들만이 소유하고 싶은 것이 있기 마련입니다. 더구나 회장님 같은 분의 가족은 보통사람들이 생각하는 것보다 훨씬 복잡한 사정이 있기 마련입니다. 그렇기 때문에 이렇게 부탁드리는 겁니다."

고개를 끄덕이긴 했지만 속이 상해 눈물이 흘렀다. 그때 전화벨이 울렸다. 나는 그에게 기댄 채 전화기를 열었다. 남자친구였다. 나는 잠시 바라보다가 통화 버튼을 눌러다. 전화는 곧 끊겼다. 이상했다.

"미안했습니다."

나는 그에게 떨어져 목인사를 했고 그는 괜찮습니다 하고 말했다. 무심코 뒤를 돌아보았다. 그곳엔 일그러진 표정의 남자친구가 있었다. 그는 금방 살인이라도 저지를 것같은 무시무시한 얼굴이었다.

"언, 언제 온 거야?"

불륜의 현장이라도 들킨 것처럼 허둥댔다. 뭔가 부도덕한 일을 하던 중이라서가 아니라 그의 출현 자체가 의외의 상황이라서였다. 지난 일주일 내내 전화 한 통 없었던 그가. 그는 아무 말도 하지 않고 비서실장을 노려보고 있었다. 비서실장도 그를 노려보고 있음에 틀림없었다. 나는 예기치 않은 상황에서 어쩔 줄을 몰랐다. 다행이라면 남자친구나 비서실장이나 다짜고짜 덤벼드는 스타일은 아니라는 것이었다.

"제 남자친구에요. 먼저 들어가 보세요."

나는 비서실장을 떠밀어 들여보냈다. 두 사람은 비서실장이 병원 안으로 들어갈 때까지 서로를 노려보고 있었다. 나는 남자친구에게 다가갔다. 그는 목표가 사라지자 목표를 바꾸어 나를 노려보기 시작했다. 그의 의심하는 듯한 눈빛이 마음에 안 들었다.

"언제 왔어? 그리고 왜 그래? 무슨 일이라도 있는 거야?"

그는 여전히 말없이 나를 노려보고 있었다. 그를 만난 후 몇 번의 큰 다툼이 있었어도 이런 눈빛과 태도는 처음이었다.

"왜 그래?"

나는 그의 팔을 붙잡으며 물었다. 그는 조금 더 눈을 마주친다면 그대로 얼어버릴 것 같은 차가운 눈빛으로 팔을 뿌리치며 말했다.

"뭐야. 이건? 고작 이런 사람이었어? 너란 애는?"

"무슨 말이야?"

언뜻 그의 말이 이해가 안 갔다. 물론 누구라도 그런 모습을 본다면 그와 똑같이 말 했을 것이다. 하지만 나는 결백했고 변명하듯 구구절절이 그 얘기를 풀어 놓고 싶지 않았다. 그와 나는 그것보다 더 중요한 문제가 있었다.

"말을 해봐. 뭐야 저 사람이랑 바람이라도 난 거야?"

"고작 생각하는 게 그런 것 밖에 안 되니?"

나는 서서히 짜증나기 시작했다. 그의 빨갛게 충혈된 눈이 더 커지기 시작했다.

"그러니까 정확히 설명하면 될 거 아냐? 숨기는 거라도 있는 거야?"

"그런 거 아니니까 넘겨짚지 마."

"그럼 도대체 뭐냐고. 지난 일주일간 전화 한 통 없기에. 걱정되어서 와봤더니 아주 잘 살고 있었군. 도대체 난 너에게 뭐야? 응? 말을 해봐. 나는 도대체 뭐냐고."

그의 목소리가 커졌기 때문에 병원 입구에 담배를 피우기 위해 나온 사람들이 힐끔거리며 쳐다보았다. 하지만 그가 먼저 그 사람들을 의식하기 시작했다. 그는 헛기침을 몇 번 하더니 나에게 저쪽으로 가서 조용히 얘기하자고 했고 나는 팔짱을 끼고 여기서 얘기 하자고 했다. 그는 난처해하면서 담배를 꺼내 불을 붙이고 폐포까지 다다를 정도로 담배를 빨았다가 연기를 한꺼번에 공중에 뿜어냈다. 시뻘건 담뱃불이 반짝거렸다. 그는 두 번째 담배를 피워 물었고 나는 아무 말도 하지 않고 그를 쳐다보고 있었다. 이제 무슨 말이 나올 것인가? 내가 먼저 이야기하고 싶지는 않았다. 적어도 내 쪽에서 잘못 하고 있다고는 생각하지 않았기 때문이다. 다만 우리는 삐걱거리고 있을 뿐이다. 그는 몇 번이나 병원 입구를 습관처럼 쳐다보았고 두 번째 담배를 꺼 버리고 나서야 말문을 열었다. 그의 폐 속에서부터 나온 담배냄새가 찐득하게 코로 몰려 들었다. 바로 코앞에 꽁초로 가득 찬 재떨이가 놓인 기분이었다.

"난 널 이해하려고 해도 도저히 이해할 수 없어. 일주일 전 내가 출근하면서 했던 얘기는 생각해보기라도 한 거야? 너와 만나는 거 자체가 정말 힘들고 이제는 놔버리고 싶다는 마음이 굴뚝 같았지만 그래도 같이 한 시간이 있기 때문에 너와 결혼 하고 싶다고, 생각해보고 전화 달라고 말야. 근데 넌 대체 뭐 하고 있었던 거야. 일주일 째 아무런 연락도 없고 걱정해서 찾아와 봤더니 딴 남자 품에 안겨 훌쩍거리고나 있고 말야. 내가 어떻게, 그리고 얼마나 더 너를 이해해야 하는 거냐고. 말 좀 해봐.”

머릿속이 하얘졌다. 어떻게 그는 그런 아침결에 결혼에 관한 이야기를 할 수 있었을까. 무슨 계약 같은 걸 해치우듯 그렇게. 나는 오히려 그런 그를 이해할 수 없었다. 특별한 프러포즈 같은 건 애초에 기대하지도 않았지만 할래 말래 식의 그의 태도가 참을 수가 없었다.

“너에게 이해해 달라고 한 적 없어. 그리고 믿을지는 모르지만 그날 아침 잡음이 심하게 들려서 네가 한 이야기를 전혀 못 들었어. 하지만 그건 중요하지 않아. 중요한 건 나 역시 너의 말이나 행동을 이해할 수 없다는 거야. 어떻게 그런 중요한 얘기를 아침 출근 지하철 안에서 그것도 전화로 이야기 할 수 있는 거지. 너는 그렇게 이야기 해 놓고 할 만큼 다 했으니 다만 내 대답을 기다리기만 하면 된다고 생각하고 일주일 동안이나 가만히 있었던 거였어?”

나는 그를 노려보았다. 그의 눈에는 당황하는 빛이 역력했다. 뭔가 잘못 되어가고 있다는 듯 눈동자가 불안하게 떨렸다.

"믿, 믿을 수가 없어. 그..그리고 바..빠서……."

그는 마땅한 변명거리를 찾아내지 못하고 헤매고 있었다. 그는 곧 자세를 가다듬으면서 말했다.

"그건 그렇다 치더라도 너는 방금 전 상황에 대해서는 나에게 이야기 하지 않았고 일주일 동안 아무런 연락이 없었잖아. 병원에 오면서부터 너는 이상해졌다고 마치 뭐에라도 홀린 것처럼. 나는 너를 믿고 우리가 함께 한 시간을 믿고 살아왔어. 그런데 지금 너를 보면 예전에 내가 알고 있던 사람이 아니라는 착각마저 들어. 나에게 모든 걸 설명해봐."

나는 그가 말을 잘 바꾸는 재주가 있는 건 예전부터 알았다. 불리한 상황이면 순간이동처럼 감정도 그렇게 곧잘 변한다. 갑자기 얼음이 얼었다가 그 위로 데이지가 불쑥 불쑥 자라나는 것과 같다. 그럼에도 한 번도 그런 일로 다툼 같은 게 없었던 것은 어쩌면 내 처신에 문제가 있었음에 틀림없다. 그는 다른 사람보다 불과 한 걸음 나와 가까울 뿐이다.

"너와 나는 문제가 있어."

"모든 커플은 문제가 있는 거야. 서로에게 진실하지 못하면 더욱 그렇게 되기 쉽지."

그는 마치 내게 취조를 하는 자세로 말했다. 이제는 더 이상 갈 곳이 없다.

"우리……. 헤어져."

나는 그의 시선을 피해 멀리 병원에서 나가는 길을 바라보며 말했다. 순간 모든 것이 정적 속에 숨었다. 날벌레도 숨을 죽이고 보일러실에서 울려 나오던 윙윙거리는 기계음도 멎었다. 그의 숨소리가 거칠어지기 시작하고 나 역시 겨드랑이가 축축해지기 시작했다. 나는 고개를 돌릴 수가 없었다. 그저 그가 내는 소리로 무엇을 하는지 느꼈다. 그는 담배를 다시 꺼내 물었고 한숨을 한번 쉬더니 불을 붙였다. 지지직하며 담배연기가 그의 폐 속으로 빨려 들어갔고 다시 바람이 되어 내 코앞을 지나쳤다. 병원 뒤에서 하얀 조그만 밴이 나와서 병원을 빠져 나갔다. 꽃이란 글자가 눈앞에 들어왔다. 그 사람일까?

갑자기 그가 나를 와락 안았다. 매캐한 담배연기에 눈마저 따가울 지경이었다. 그는 아무런 말도 하지 않고 있었지만 온 몸에 힘이 들어가 있었다. 그건 분노였을까? 그렇지만 딱딱하지 않은 그의 품은 아까와는 달랐다. 나는 차분히 가라 앉아 말을 할 수 있었다.

"우린 길을 잃었어. 어쩌면 처음부터 방향을 잘못 잡았던 건지 몰라. 길을 잃는다는 건 그런 거야. 어쩔 수 없어서 계속 잘못 들어선 길을 간다면 영원히 옳은 길을 찾을 수 없게 돼. 그러니까 길을 찾기 위해선 다시 길을 잃어야만 하는 거야. 내 말 무슨 말인지 알겠지?"

그는 고개를 한번 끄덕였다. 어쩌면 그 역시 이런 날을 기다렸을 지도 모른다는 생각을 했다. 언제나 나를 배려하

기 급급했던 사람. 그는 그런 사람이었다. 그의 고마운 마음
은 그대로 기억할 것이다. 하지만 그도 나도 길을 찾아야만
하는 것이다. 고마웠어. 좋은 사람.

다시 길을 잃었을 때 당신이 지나갔어요.

8. 남겨진 것들과 남아 있는 사람들.
그리고 떠나는 사람

나는 그를 밴이 병원을 빠져 나간 길까지 배웅해 주었다.
가로등이 일렬로 늘어선 그 길은 길이라기보다는 하나의 통
로처럼 보였다. 그 통로를 빠져 나가면 다른 세상이 기다릴
것만 같았다. 그는 담배를 피워댔고 별다른 말은 하지 않았
다. 잠시였지만 그는 몇 년이나 나이를 먹은 듯이 보였다.
그는 나에게 마른 미소를 보이고는 등을 돌려 걸어갔다. 나
역시 마른 눈으로 그가 비정상적으로 작아질 때까지 멍하니
거리를 보고 있었다.

2층으로 올라와서는 놀라지 않을 수 없었다. 많은 사람들
로 대기실은 꽉 차 있었고 대기실도 모자라 복도까지 사람

들이 서성이며 웅성대고 있었다. 아마도 사돈의 팔촌까지
모두 왔다고 해도 믿을 정도였다. 그들은 삼삼오오 모여서
무언가를 이야기 하고 있었는데 서로를 잘 알지는 못 하는
것 같다. 내가 주변에 얼쩡거려도 한번 힐끔 쳐다볼 뿐 물어
보는 사람은 없었다. 역시 돈이 많은 사람들은 복잡한 인간
관계가 얽혀 있는 것이 분명했다.

"유서는 작성되었대?"

"글쎄, 비서실장이란 자가 워낙 말을 아끼는 자라서."

"음. 그렇다면 전담 변호사란 작자를 한번 만나봐야겠
어."

"말도 말게. 자식들이랑 와이프가 벌써 유산을 회쳐 놓았
다는군."

"그래도 친척들에게는 뭔가 떨어지는 게 있겠지?"

"그러니까. 하긴 재산이 워낙 큰 덩어리니까."

누구하나 노인의 병세를 걱정하는 자는 없었다. 씁쓸했
다. 최 노인이 왜 쫓겨 이곳까지 비밀리에 도망쳐 왔는지 알
수 있을 것 같았다. 조금 더 다가가 대기실 안을 보았다. 그
쪽은 마치 협상단이 협상 하고 있는 것처럼 무거운 긴장감
이 느껴졌다. 중간엔 비서실장이 꼿꼿이 서 있었다. 그의 왼
쪽엔 아들, 딸처럼 보이는 사람들이 앉아 있었는데 모두가
한결같이 검은 색 슈트와 드레스 차림이었고 하얀 얼굴에
자만심 넘치는 표정을 지니고 있었다. 계속되는 사람들의

잡음 때문에 견딜 수 없었다. 나는 그제야 아침에 원장이 말한 것을 떠올릴 수가 있었다. 혹시나 하는 마음에 5층 원장실로 가보기로 했다. 사람들의 웅성거림은 5층 계단 통로까지 전해 들려왔다. 5층에 올라서자 원장실이라는 조그만 벽간판이 오른쪽 화살표를 달고 있었고 나는 통로를 따라 끝에 있는 문 앞까지 다가갔다. 문은 보통의 나무문으로 되어 있었고 작은 창이 하나 달려 있었는데 그것은 불투명한 유리라서 안을 들여다 볼 수 없었지만 불이 켜졌는지는 확인할 수 있었다. 나는 노크를 했다. 조금 있자 안에서 누구십니까 하는 굵직한 원장의 목소리가 들려왔다.

"저. 수연이라고 최 선생님 간병하는……."

내 말이 채 끝나기 전에 철컥 잠겼던 문이 열렸다. 그는 의외라는 표정으로 나를 맞아주었다.

"어서 오시게. 안 오는 줄 알았지."

그는 멋쩍게 웃어 보였다. 그에게서 위스키 냄새가 진하게 풍겨 나왔다. 그를 따라 안으로 들어갔을 때 나는 깜짝 놀랐다. 왜냐하면 원장실은 마치 205호를 그대로 옮겨다 놓은 것 같았기 때문이었다. 방 구조만 약간 다를 뿐 가구 배치와 소품 하나하나 똑같았다. 나는 얼떨떨한 채 주위를 둘러보았다. 그는 서현수와 똑같은 모습으로 똑같은 위스키를 마시고 있었다. 마치 데자뷰를 보고 있는 듯한 느낌이 들어 정신을 차릴 수 없었다.

"그렇게 서 있지 말고 여기 와서 좀 앉게나. 술 한 잔 하겠소?"

나는 그저 고개만 가로 저으며 서서히 방안 구석구석을 살피고는 그의 맞은 편 식탁에 앉았다. 그는 그제야 내 행동이 이해가 갔다고 생각하는 지 갑자기 무릎을 치며 말했다.

"아. 205호와 똑같아서 이렇게 혼란스러워 하는 구려. 하하. 그럴 수밖에. 그 방은 내가 쓰던 방일세. 그리고 나와 내 전처가 신혼생활을 시작했던 곳이고. 또 얼마 전까지 내 아들 녀석이 잠깐 기거를 했더랬지."

그는 입맛을 다셔가며 말했고 말이 끝남과 동시에 위스키를 스트레이트 잔에 따라 들이켰다.

"네? 뭐라고요?"

그의 말은 도통 알아듣기 힘든 말이었다. 뭐가 어떻게 된 건지 앞뒤는 다 빠지고 그냥 등장인물이 누가 있다는 식이었다. 그는 어느 새 빈 잔을 채워 한 모금에 털어 넣었고 잔을 의사 가운에 쓱 문지르더니 내게 내밀었다.

"지방시였지. 아침과 지금 뿌린 향수. 숙소 화장대에 놓여 있던. 여기도 있다네."

그는 잔을 채우면서 이야기했다. 나는 원장실에 놓여있는 화장대를 보았다. 역시 205호와 똑같았다. 나는 점점 혼란스러운 기분이었다. 뭐가 어떻게 된 건지 알 수 없었다. 방금 전에 남자 친구와 이별을 했고, 최 노인은 죽어가고 있으며 또 이곳과 원장은 무엇이란 말인가?

　원장은 다시 술을 한잔 들이키고는 믿기 어려운 이야기를 하기 시작했다.

　"알고 있는 지 어떤지는 잘 모르겠네만. 최 선배와 나는 같은 대학에 다녔었네. 친 형제보다도 더 친하게 지냈지. 나는 의과대학에서 그리고 최 선배는 경상대에서 수재로 통했다네."

　"우리 집안은 대대로 의사 집안이었고 때문에 난 꽤 유복한 편이었지. 하지만 최 선배는 달랐어. 그는 자수성가형이었지. 그는 가난했지만 난 그의 사상이나 세상, 그리고 사물을 보는 눈을 따라갈 수 없을 정도로 대단한 사람이었어. 난 항상 그의 그늘 밑에서 살았다고나 할까 아니야. 그건 콤플렉스였어."

　그는 이따금씩 눈을 지그시 감기도 했다.

　"대단한 리더십에 노는 것도 화끈했지. 축제 때면 그를 따라 다니는 무리들이 수없이 많을 정도였지. 그는 겨우 2학년이었지만 총학생회장 같은 사람들도 그를 따라 다닐 정도였다니까. 정말 대단했지. 그에 비해 나는 오로지 도서관과 의과대학 강의실에만 붙어있는 쑥맥이었지. 그런 내가 그와 어떻게 친해진 줄 아는가? 내가 입학했을 때 난 한 여자를 짝사랑하게 되었어. 한눈에 반할 만큼 그녀는 눈부셨지. 그녀가 경상대 신입생인걸 알고 그녀를 보러 경상대 건

물까지 찾아가서 죽치고 기다렸지. 그때도 의과대생하면 선망의 대상이었으므로 나는 어느 정도 자신할 수 있었다네. 우리 집은 부유한 편에 속했고, 미래가 촉망되는 사람이었으니까. 음. 그때를 생각하면 무척이나 자만심이 강했던 모양일세. 나는 그녀의 강의 시간을 입수해서 그녀가 끝나고 나오기를 기다렸지. 봄볕을 만끽하고 있을 즈음 군복 야상 차림의 한 사내가 다가왔네. 최 선배였지. 그는 나에게 담배 같은 게 있냐고 물었어. 나는 아무 것도 모른 채 피우지 않는다고 말했지. 그러자 그는 나에게 의대생들은 담배 안 피우냐고 묻는 것이었어. 그는 나를 처음 봤는데 말이지."

그는 눈을 동그랗게 치켜뜨며 말했다.

"어떻게 아셨던 거죠?"

나는 식탁위로 손을 포개어 놓고 물었다.

"그는 나에 대해 모든 걸 알고 있었던 거야. 아무튼 내가 기분 나쁜 투로 어떻게 알았냐고 물었더니 그는 부드럽게 말했어. 만약 담배를 피우는 사람이라면 지금 이렇게 한가한 시간에 봄볕을 쬐며 앉아있으면서 담배를 피우고 있거나 아니면 담배 피운 흔적이 남아있어야 하는 데 없었고 다가와서 얼굴을 들여다보니 피부가 아직 담배에 혹사당한 피부가 아니었고 손톱 끝도 깨끗했다. 그리고 이도 하얗다. 뭐 그런 결론이 내려졌다고 하더군. 그래서 내가 물었지. 도대체 그럼 왜 아는 걸 물었느냐고 기분 나쁜 듯 그에게 따졌더니 그가 그러더군. 알면서 하는 행동이 상대방에게는 나쁜 기분이 들게 할 수도 있다는 거라더군. 그게 대체 무슨 말이냐고 나는 어느새 언성이 높아졌지. 그러나 그는 그것이 즐겁다는 듯 웃었네. 그리고 곧 자기 말이 무슨 뜻이었는지 알게 될 거라더군. 그가 왠지 비웃고 있다는 느낌이 들어 기분이 좋지 않았네. 나는 자리를 피하고 싶었지만 곧 그녀가 끝나고 나올 시간이었네. 그는 갈 생각을 않고 내 옆쪽으로 아예 자리를 잡고 앉아서 나를 쳐다보며 웃고 있었네. 비웃는 게 분명하지만 왠지 그는 범접할 수 없는 그 무엇인가가 있었다네. 나는 그가 신경 쓰여서 이대로 가다가는 그녀에게 말조차 걸지 못할 것 같았네. 나는 그에게 오늘 내가 찜 해놓은 여학생에게 데이트 신청을 할 것이다. 그러니까 자리를 좀 피해달라고 부탁했지. 그는 껄걸 웃으며 알았다고 행운을 빈다고 했지. 그는 돌아서려 하다가 나에게 와서 말했네. 만약 그녀가 데이트를 받아들이면 자신이 막걸리를 사겠으나 거절하면 자기에게 막걸리를 사달라고 말이지. 그는 약속하지 않으면 가지 않겠다고 생떼를 부리기 시작했어. 나는 다급하게 약속을 받아들이고 저녁에 학교 앞 막걸리 집에서 보자고 했지. 나는 자신 있었으므로 그녀와 단출하게 데이트를 즐기다가 막걸리를 얻어 마시면 되겠다고 생각했네. 그는 잘해보라고 하는 말을 남기고 사라졌네. 어떻게 되었겠나?”

그는 위스키를 한잔 더 들이키고 크하는 소리를 내었다.

"글쎄요. 데이트 신청에 성공해서 최 선배에게 막걸리를 얻어 마셨겠죠."

그는 유쾌하다는 듯 큰소리로 웃었다.

"하하. 아닐세. 정반대일세. 내가 완전히 최선배에게 당했다니까. 하하. 그녀는 이미 최선배의 여자 친구였다네. 그리고 내가 그녀에게 데이트 신청할거라는 얘기를 같은 의대생 몇 명에게 했었는데 그 얘기가 최 선배 귀에 들어간 거지. 멋지지 않나? 그래서 그날은 최선배와 밤새도록 막걸리를 퍼 마셨다니까. 껄껄."

그는 왠지 모르게 슬픈 눈을 하며 어울리지 않게 큰소리로 웃었다. 아마 젊은 시절의 최 선생을 흉내라도 내고 있는 걸까? 그는 갑자기 웃음을 멈추고 이야기를 계속했다.

"그게 인연이 되어서 우리는 셋이 뭉쳐 다니기 시작했지. 학교를 졸업하고 사회에 나와서까지 말일세. 나는 그녀를 짝사랑 했지만 최 선배에게 끌렸다고나 할까. 하지만 그녀를 볼 때마다 나의 콤플렉스는 꿈틀댔지. 그것은 형벌과도 같은 것이었어. 나는 최 선배를 좋아하고 그녀를 기꺼이 그의 여자 친구로 인정하여 주었지만 언제나 질투 같은 것과 소유욕 같은 것이 혼합된 그런 감정을 내 안에 숨겨 놓았던 것이었네. 별 문제 없이 하루하루가 흐르던 어느 해였네. 나는 레지던트가 되어 지금 이 병원 205호에서 기숙하며 지

내고 있었고, 최 선배는 대기업 사원이었네. 그런데 갑자기 그녀가 우리 병원에 간호사로 들어오게 되었네. 최 선배에게 잘 있다는 얘기만 들었을 뿐 그녀가 다니던 직장을 그만두고 간호사를 하려고 했던 이야기는 못 들었던 거네. 무척이나 놀랐지만 한편으로 반가웠네. 내 안에서 숨어 있던 그 감정들은 다시 고개를 들기 시작했지. 그 당시 최 선배는 다니던 직장을 그만두고 혼자 장사를 해야겠다며 지방 곳곳을 떠돌아다니고 있었지. 지금 같이 휴대폰이 있는 시절이 아니라서 가끔 오는 편지로 그가 살아있다는 정도만 알 수 있었지. 아무튼 그녀는 변함없이 그가 잘 될 거라고 믿고 있었고 그를 위해 좋은 직업을 갖겠다고 직장을 그만두고 간호사가 된 거라고 하더군. 정말 질투가 머리끝까지 차올랐지. 그녀와 나는 원래부터 친했기에 병원에서도 항상 같이 다녀서 사람들이 오해하기도 했었지만 명백히 우리는 그런 사이는 아니었네. 하지만 최 선배가 연이은 사업실패로 도망자 신세가 되고 그녀가 나에 대해서 아니 정확히 우리 집안에 대해서 알기 시작하면서 상황은 바뀌었네. 그녀는 나에게 남자친구의 후배 이상의 호감을 보이기 시작했고 결국은 결혼을 하게 되었네. 물론 최 선배는 그때까지도 생사를 알 수 없었지."

그는 스트레이트 잔을 한동안 말없이 바라보기만 했다.

"그러지 말았어야 했는데……."

그는 말을 흐렸다.

"네?"

내가 반문하자 그는 나를 말없이 쳐다보다가 스트레이트 잔을 들고 나에게 건배하는 시늉을 하더니 그대로 입에 털어 넣었다.

"그건 사랑이기 보다는 내 콤플렉스에서 나온 행동이었던 것 같네. 그녀도 지긋지긋한 가난과 어떻게 될지 모르는 남자친구에게서 벗어나 조건이 좋은 나를 선택했던 것 같고. 지금 와서 생각해 보면 그건 마치 게임의 룰을 어긴 것과 같다는 생각이 자꾸만 드네. 내 내면에 부족한 퍼즐 조각을 그녀가 가지고 있었던 셈이고 그녀에게 없는 퍼즐은 내가 들고 있었던 거지. 우리는 원래의 우리 퍼즐을 찾기 보다는 쉽게 서로의 퍼즐조각을 교환해서 퍼즐을 완성했다고 생각했지. 실제로 그런 일들은 많네. 오히려 현재는 그런 일들이 더 자연스러운 법이 아닌가? 그러지 말았어야 했네. 어쨌든 우리는 205호에 신혼집을 꾸리고 살았네. 아들이 태어나기 전까지 말일세. 그리고 아들이 태어나서는 205호를 떠나 본가로 들어가 살았지. 귀여운 녀석인데. 아비를 잘못 만나는 바람에 고생스럽게 커버렸어. 그때부터 금이 가기 시작한 거네. 우리 본가는 상당히 보수적인 집안에 엘리트 집안에 속했지. 그래서 처음부터 우리의 결혼을 반대했었던 것을 내가 우겨서 한 거였네. 집안에서 결혼식은 올려주는 대신 그녀를 며느리로 보지는 않겠다는 뜻을 분명히 했어. 나는 그것이 살면서 풀릴 수 있는 것이라고 생각했네. 그래서 아들놈과 그녀가 같이 본가로 들어가면 절대로 그녀를 내치지는 못할 거라는 계산이었네. 그래서 내가 하고 싶었던 의사로서의 길을 포기하고 아버님의 뜻을 따르는 조건을 걸고서 나름대로의 모험을 진행한 것이었네."

"그럼 원장님도 서울대학병원 출신이신가 봐요?"

"아버님이 그 병원 원장이셨네. 아버님은 내가 뒤를 잇길 원하셨지만 나는 그런 큰 병원에서 과장을 하거나 원장을 하는 것 따위는 관심이 없었지. 그저 조그만 병원에서 진료를 하는 게 소박한 꿈이었지. 그래서 변두리에 있는 이 병원에서 레지던트 생활도 시작한 것이었고. 아무튼 나는 내 꿈을 그녀와 아들 녀석 때문에 바꿀 수밖에 없었던 것이네. 하지만 생각처럼 되지 않는 게 인생이라네. 아들 녀석은 본가의 할머니 할아버지 품에서 키워지게 되었고 그녀는 있어도 그만 없어도 그만인 식으로 대접 받았지. 아마 죽고 싶을 정도로 힘들었을 거라고 생각되네. 하지만 본가의 뜻을 거역할 수는 없었고 그녀 역시 괜찮아질 거라면서 본가에서 지내는 것이 자신과 아이를 위해 훨씬 좋은 일이라고 나를 말렸지. 그렇지만 상황은 변하지 않았고 그녀는 아들마저 빼앗겨 결국 쇼핑과 술에 중독되어 살게 되어버렸어. 나도 처음엔 안타까웠지만 서서히 그런 그녀에게서 지쳐갔다네. 그러던 어느 날 최 선배가 찾아왔어. 그녀와 나는 그를 까맣게 잊고 있었지. 하지만 내가 그렇게 본가와 처자식 사이에서 씨름하고 있는 동안 그는 재기에 성공한 거야. 제법 큰 중소 기업을 운영하고 있는 상태였고 그때 알아본 바로는 건실하고 아이템도 좋고, 무엇보다도 최 선배의 탁월한 운영능력 덕분에 엄청난 성장을 하고 있는 회사였지. 그는 모든 상황을 이해하는 듯 우리의 결혼과 출산을 뒤늦게 축하해 주었다. 우리는 가끔 넷이서 만나 저녁을 함께 먹었다네. 그녀는 그 자리를 무척이나 좋아했고 아들 녀석을 최 선배는 무척이나 귀여워했었지. 오직 불편한 건 나뿐이었다네. 나는 불안해지기 시작했고 나보다는 그녀가 점차로 변하기 시작했다네. 본가에서 꼼짝도 못하고 말 한마디 변변하게 해 본적 없는 그녀가 본가 식구들과 싸움이 잦아지고 술에 취해 난동을 부리기까지 했지. 나는 결국 본가 식구들에 밀려 그녀와 이혼까지 하게 되었다네. 그녀는 무일푼으로 쫓겨나게 된 거지. 그 당시 법정 싸움을 했더라도 결과는 뻔 한 거였다네. 그렇다면 그녀는 무일푼이 아니라 빚까지 떠안게 되겠지. 어느날 밤 나는 이혼을 이야기 하며 그녀를 설득했네. 나는 그녀의 방만함을 꾸짖었고 그녀는 여느 때와 같이 술에 취해 본가 식구들 욕을 해대었다네. 이젠 어쩔 수 없다고 돌이키기엔 너무 늦었다고 그러니까 이대로 당신은 조용히 사라져 당신 삶을 살아야 할 거라고 말해주었지. 그런데 갑자기 그녀가 나에게 무릎을 꿇더니 울면서 애원하더군. 아들놈을 데려가겠다고 말일세. 나는 그때까지도 그녀를 사랑하고 있었네. 그녀가 미웠어도 그녀가 고주망태가 되어도 나는 그녀를 사랑하지 않을 수 없었다네.” 그는 눈망울이 흐려졌다. 곧 눈물을 터뜨릴 만큼 그의 눈에는 눈물이 넘실대고 있었다.

“그래서 어떻게 되었나요?”

그의 술잔을 가져와 이번엔 내가 그에게 건배하는 시늉을 보이고 한입에 털어 넣었다. 싸한 느낌의 액체가 목젖 안에서 흘러내렸다.

“결국엔 그녀의 편을 들어주었지. 나는 본가 식구들의 원성을 들어야 했지만 그건 결국 그녀와 나만의 문제일 뿐이고 그것은 당사자들이 풀어야 하는 거라 판단했던 것이네.”

그의 눈은 결국 넘쳐서 굵직한 눈물 한방울이 툭 뺨을 타고 흘렀다. 그는 황급히 얼굴을 손바닥으로 문질렀다.

“그렇군요. 그래서 자제분은 못 보시게 된 건가요?”

그는 몇 번이나 얼굴을 문지르는 바람에 얼굴이 빨갛게 변했다. 눈은 충혈될대로 충혈된 상태여서 그의 얼굴은 완전히 붉은 빛으로 바뀌었다.

“아닐세. 매일 보는 사이가 되었지.”

그는 한숨을 내쉬며 말했다.

“네?”

나는 이 사람의 과거가 어느 정도로 엉켜있는 지 짐작조
차 할 수 없을 지경이었다. 이제 또 어떻게 된 거란 말인가.

"아내는 나와 이혼한 뒤 아들 녀석을 데리고 한동안 지냈
지. 물론 내가 본가 몰래 돈을 챙겨주었네. 그 당시 그녀는
할 수 있는 게 없었다네. 이미 알코올 중독에 살림도 놓은
지 몇 년이 흘러서 아들 밥이나 제대로 주고 있는지 의심스
러웠네. 그래서 그녀가 최소한 살 수 있을 정도로 보조를 해
준 것이네. 하지만 그녀를 결국 최 선배가 데려가더군. 아들
녀석과 함께 말일세."

그는 다시 시무룩한 얼굴로 돌아와 스트레이트 잔에 술을
따랐다.

"네? 어떻게 그런 일이……."

"뭐. 세상사는 일이 다 그런 게 아니겠나. 그녀는 결코 혼
자서 살 수 없는 상태였고, 내가 아는 한 최 선배는 자신의
인연을 끝까지 책임지는 타입의 사람이었지. 또한 그때는
전처가 아이 둘을 남기고 사별한지 얼마 안 되는 때였다네.
그는 자신 때문에 그녀가 나와 어쩔 수 없이 결혼한 것으로
믿고 있었을 테니까. 알고 보면 그녀가 선택한 길인데 말이
지. 다행히 그는 완벽한 남편이자 아빠였어. 그녀는 자신이
사랑하는 남자와 아이들과 쇼핑과 술이 있었어. 그래서 그
녀는 변해버린거야. 딱 한번 어느 날은 최 선배가 나를 찾아
와 술 한 잔 하자고 하더군. 그래서 우리는 오랜만에 포장마

차에서 술잔을 기울이며 지난 날 하지 못했던 모든 일들을 털어 놓았지. 그는 그녀가 변해버렸다고 말했고 우리가 잃어버린 것들에 대해서도 말했네. 나는 나의 콤플렉스에 대해서도 말했고 우리 현수의 성은 바꾸지 말아달라고 부탁했었다네."

"현수라면. 혹시 서현수 레지던트가?"

나는 소름이 돋았다.

"맞네. 그 현수가 내 친 아들일세."

그는 술을 입술로 빨아들이듯 병에서 나온 마지막 잔을 마셨다. 나는 아무런 말을 할 수 없었다. 그저 입을 반쯤 벌린 채 그를 바라보고 있었다. 그때 갑자기 전화벨이 울렸다. 식탁의 건너편 벽 옆 책상위의 전화기였다. 갑자기 그는 얼굴이 일그러지더니 그대로 식탁에 엎드려 아이처럼 엉엉 울기 시작했다.

"무. 무슨 일이에요?"

나는 그에게 물었지만 소용이 없었다. 그는 계속 울어댔고 전화벨을 계속해서 울려댔다. 나는 가만히 전화기를 들어보았다. 시끄러운 사람들의 잡음을 배경으로 거친 숨소리가 들려왔다. 서현수 레지던트였다.

"아버지, 큰 아버지가 돌아가셨어요."

나는 들고 있던 수화기를 놓치며 주저앉고 말았다. 원장은 계속해서 울어대고 있었다.

"젠장. 이렇게 바보같이 가면 어떡하우. 길을 다시 찾아가자는 약속은……."

그는 허공에 소리치고는 다시 얼굴을 묻고 울어댔다. 눈물은 전염되는 법이다. 남자친구와 이별할 때도 마른 눈이 있는데, 더구나 지금 막 세상에서 가장 황당스런 얘기들을 들었는데 내 눈은 언제 준비했는지 마르지 않을 샘처럼 눈물을 뿜어내고 있었다.

"큰아버지가 돌아가셨다고요. 아버지. 그만 내려오세요. 이젠 두 분이 화해하셔야죠……."

아래로 늘어져있는 수화기에서 서현수의 낮은 목소리가 흘러나왔다. 나는 어쩌면 길을 잘못 들어선 사람들의 마지막 골목까지를 보고 있는 듯 한 느낌이 들었다. 마지막 골목, 거기엔 화해도 구원도 없었고 돌아갈 수 있는 기회마저 분명 없었다. 그대로 끝이었다.

사람들이 모두 빠져 나간 후의 2층은 폐쇄된 병원같이 느껴졌다. 형광등은 더욱 어두워지고 창백한 빛을 내고 있었다. 비서실장은 장례식까지는 바쁠 것 같다고 일을 모두 처리하고 연락하겠다고 했다. 박 씨도 그를 따라 사람들 무리를 따라 갔다. 나는 대기실에 혼자 앉아 있었다. 더 이상 여기에 앉아있는 것도, 면회시간을 기다리는 것도 나에겐 무의미한 일이 되었다. 갑자기 나에게 많은 것들이 쏟아졌다가 한꺼번에 빠져나가 버렸다. 나는 말 그대로 허무함을 느끼고 있었다. 나는 천천히 일어서 중환자실 문을 열었다. 안은 고요하다기 보다 숨죽이고 있는 느낌이었고 간호사들은 중간에 놓인 데스크에 앉아 고개를 숙이고 있었다. 누구하나 말을 하지 않았다. 가습기만이 낮은 소리와 함께 김을 내고 있을 뿐이었다. 나는 최 노인이 누워있던 침대를 보았다. 이가 빠져 있는 것처럼 허전한 기분이 들었고 가슴까지 철렁 내려앉는 기분이었다. 나는 고개를 돌려 다른 쪽을 쳐다보았다. 박 씨 아들과 눈이 마주쳤다. 그는 움찔하며 내가 보고 있음을 알아차렸다. 나는 그대로 문을 밀고 안으로 들어섰다. 송 간호사는 자리에서 힘없이 일어났다. 그리고 나에게 수고하셨어요. 라고 위로의 말을 건네었다.

"아뇨. 저보다는 간호사 분들이 고생 많으셨어요. 저는 임종도 못 뵈었는걸요. 고인은……."

내가 목이 잠기자 송 간호사는 내 손을 붙잡으며 말했다.

"최 선생님은 아주 편안하게 가셨어요. 아주 좋은 꿈을 꾸고 있는 것처럼 말이에요."

나는 억지로 눈물을 참으며 고개를 끄덕였고. 수간호사에게도 수고 하셨다는 말을 건넸다. 그리고 박 씨의 아들 앞에 섰다. 그는 야단을 맞는 아이처럼 풀이 죽어있었다.

"놀랐니?"

나는 그의 팔 깁스를 어루만지며 물었다. 그는 나를 바라보았다.

“아니에요. 여기 있는 동안 총 세 분이 하늘나라로 갔어요. 중환자실에서는 뭐 그럴 수도 있는 건가 봐요. 이젠 여기 오지 않을 거죠?”

녀석은 삐친 듯이 말했다. 난 그에게 웃어주며 아마도 라고 말했다.

“여자들은 다 이런 법이라니까요. 잘해줘봐야 소용없어요. 돌아설 때가 되면 무섭기까지 하다니까요.”

그는 앞을 보며 투덜거렸고 순간 간호사들이 일제히 박씨 아들을 쳐다보았기 때문에 그는 아니 누나들 말고요 라고 변명했다. 나는 가볍게 그의 머리를 쥐어박았다.

“빨리 나아서 아빠 걱정 덜어드려야지? 건강해라. 퇴원하면 전화해. 아빠한테 물어보면 알 수 있을 거야. 누나가 맛있는 거 사줄게. 그 대신 쓸데없이 전화하지 마. 알았지?”

나는 그의 머리를 쓰다듬으며 말했고 돌아서려 할 때 그가 잠깐만하고 나를 붙잡았다.

“알겠어요. 누나. 근데 이건 꼭 말해주어야 할 것 같아서요. 마지막 최 선생님 의식이 있었을 때 마지막으로 전하신 말씀이 있었는데. 그 말을 저는 잘 이해 못해서 그때 그대로 눈으로 읽은 대로 누나에게 말 할 수밖에 없을 것 같아요. 그때 선생님이 그러셨거든요. 누나가 무엇인가를 찾았으면 좋겠다고요. 그것을 좀 더 지켜보지 못해서 안타깝다고 그러셨거든요. 누나 뭐 잃어버린 거 있어요?"
그는 특유의 호기심 어린 눈으로 내 몸을 훑고 있었다.
"그런 게 있어."
나는 미소를 보이고 돌아섰다.
송 간호사와 수간호사에게 다시 목인사를 건네고 문을 막 열 때였다. 박 씨 아들이 소리를 높여 다시 물었다.
"누나, 그래서 찾았어요. 그거?"
나는 뒤돌아 그에게 고개를 끄덕여 주었다.
"응"

자정이 지날 무렵까지도 나는 잠을 이루지 못하고 있었다. 아직도 아까의 흥분이 가시지 않았고 최 노인의 죽음도 실감할 수 없었다. 너무나도 고요하고 적막감이 들었다. 유난히 어두웠던 밤은 먹구름 탓이었는지 빗방울이 창문에 하나 둘 떨어지고 있었다. 나는 오래된 Betty Swann의 소울을 하나 꺼내 틀었다. 그리고 식탁으로 가서 남아있던 우유를 데웠다. 데운 우유를 머그에 담아 놓고 식탁에 놓여있던 그 사람의 마지막 편지를 뜯었다.

모든 꽃들이 시들 때쯤이면 장미는 피어납니다.
제 아무리 로맨스와 담을 쌓고 사는 사람일지라도
한번쯤은 장미에 시선을 빼앗기기 마련입니다.

장미만큼 꽃 한 송이만으로도 사람에게 감흥을 줄 수
있는 꽃도 없다고 생각합니다. 하지만 그만큼 외로워
보이기도 합니다만. 그것은 사람들이 만들어 낸,
사람들 사이에서의 고독과도 같은 거라고 생각합니다.
왜냐하면 어린왕자에서처럼 한 송이만 풀처럼 자라는
장미는 세상에 없거든요. 한마디로 관목이란 말입니다.
사람들이 상품으로 만들어 내면서 다듬어 놓은 장미가
대표적인 이미지가 되어 버려서 동네 울타리를 가득
매우고 꽃잎이 흐드러지게 활짝 벌어진 장미는 똑같은
장미라고 생각되어지지 않을 정도입니다. 오늘은
아침 일찍 꽃시장에 갔다가 돌아오는 길에 근처 공원
울타리를 가득 매운 장미를 보고 그런 생각을 하고
있었습니다. 잠깐 차에서 내려 자판기에서 커피를
뽑아 들었죠. 평일이고 공원엔 운동을 하고 있는
몸이 불편한 한 사람과 한쪽 벤치 쪽에서 생활정보지를
보고 있는 사람만 있었을 뿐이었죠. 너무 한가하고
조용해서 목가적인 분위기가 났습니다.
그때 검은색 세단에서 한 젊은 사람이 내렸죠.
선글라스를 쓰고 있어서 얼굴을 컨체적으로 볼 수
없었지만 원래부터 수염이 난 적이 없는 것처럼
깨끗하게 면도를 한 그런 사람이었습니다. 그는 공원
안쪽으로 들어서더니 곧장 벤치로 다가갔습니다.

순간 왜 그랬는지 예전에 순복이 사고 때가 생각이
났어요. 그날은 꽃 배달을 하고 있었던 바람이 매몰찼던
날이었죠. 우연히 골목에서 나오던 순복이를 보았어요.
매일 보는 녀석이라 잘못봤을리는 전혀 없었죠.
영감님께서는 나중에 산책을 나왔다가 순복이를
놓쳤다고 하셨죠. 순복이는 무엇에 홀린 듯 아니면
사냥감이나 놀잇감을 찾듯 한 곳을 향해 뛰고 있었어요.
그 녀석이 향하고 있는 곳에는 한 여자가 있었어요.
근처에서 직장을 다니고 있을 법한 사람 같았고
한 눈에 보아도 돈 가방일 거라는 걸 알 수 있을 것
같은 종이 쇼핑백을 들고 작은 지갑을 한 쪽 손에
든 채로 은행 문에서 얼마 떨어지지 않은 곳에서
서서히 이동하고 있었죠.
저는 꽤나 그 모습이 위태로워 보였고 그녀는 거리
건너편 쪽의 차량들이 늘어선 것을 보고 있었으므로
순복이가 멀찍이서 다가오는 것을 느끼지 못했죠.
저는 그쪽을 계속 주시하고 있었으므로 그녀에게
위험이 다가옴을 먼저 알 수 있었습니다.
순복이가 달려오고 있었고 그 뒤로 오토바이 한대가
돌진하고 있었던 것입니다. 번호판이 교묘히 위장되어
있는 것으로 보아 날치기일 수도 있을 것 같았습니다.
마치 교통사고를 목격하는 것처럼 긴장되기 시작했죠.

그 오토바이와 순복이는 동시에 빠른 속도로 한
목표점인 그녀에게 향하고 있었으므로 순복이가
갑자기 방향을 바꾸며 뛰는 바람에 오토바이는
브레이크를 급히 잡았으나 순복이를 치고 말았고
녀석은 1미터나 날아가 버렸습니다. 오토바이는 목적을
상실한 채 비틀거리며 도망쳤고 바로 앞에서 사고를
눈으로 목격한 그녀는 그 자리에서 얼어붙은 듯 멈춰
버리더니 갑자기 무슨 생각이라도 났는지 피를 줄줄
흘리고 있던 순복이를 안고 뛰더군요. 그렇지만
그녀는 자신이 무엇을 들고 있었는지 전혀 생각을
못한 모양입니다. 지갑과 돈이 들어있을 것만 같던
종이 가방을 그대로 거리에 떨어뜨려두고 말입니다.
그녀는 망설임도 없고 뒤를 돌아보지도 않았습니다.
거리엔 사람이 별로 없었다손 치더라도 지갑이 떨어져
있는데 그녀가 다시 돌아올 때까지 그 자리에 있을
확률은 제로일 것입니다. 저는 급하게 유턴을 하려고
했을 때였어요. 마침 지나치던 어린 학생 두 명이
지갑과 종이가방을 발견하고는 주위를 살피더니 들고
뛰더군요. 저는 마치 그녀처럼 차를 버려두고 차에서
뛰어 내려 그들을 쫓았답니다. 뒤에 서있던 차들이나
제가 대로한 복판에 서 있었다는 사실 같은 건 그녀처럼
생각지도 못한 것 같습니다. 저 역시 망설이지 않았고

뒤를 돌아보지도 않았습니다.

삼십 분 가량을 골목골목을 돌아 추격한 끝에 막다른
골목에 다다라서야 녀석들은 포기하고 저에게 지갑과
종이봉투를 넘겨주었습니다. 약간의 행운이었죠.

요즘 애들은 무서우리만치 공격적이니까요. 나름대로
대비는 했지만 그래도 녀석들은 남의 것을 빼앗을 만큼
막 나가는 녀석들이 아니라서 다행이었습니다.

저는 돌려주면 경찰에 알리지는 않을 거라고 말해주었고
녀석들은 자기들끼리 무언가를 중얼거리더니 저에게
지갑과 가방을 돌려주고는 김이 샌 표정으로
사라졌습니다. 역시 종이가방에 든 것은 만 원권이 가득
들어있는 가방이었습니다. 어째서 이런 것들을
잊어버릴 수 있었는지 궁금했습니다. 그때 제가
영감님께 전화를 드려서 자초지종을 말씀드렸던 겁니다.

저는 현장으로 돌아와 이미 와 있던 경찰들에게 지갑과
종이가방을 건넸고 사람들의 따가운 눈초리와 욕설을
들으며 차로 돌아왔습니다. 잠깐이었지만 여러 가지로
귀찮은 일에 휘말리게 된 그녀를 생각했습니다.

그리고선 꽃가게로 돌아왔습니다. 돌아와서도 계속해서
그녀가 걱정되었지만 영감님께서 알아서 잘 하셨으리라
생각하고 나중에 여쭤보기로 했죠. 그런데 이상한 일은
그날 똑 같은 사고가 있었나 봅니다.

저녁 식사를 하고 있는데 배달전화가 왔죠.
서울대학병원 병실로 꽃바구니를 배달해 달라는
거였어요. 저는 얼른 식사를 마치고 꽃바구니를
준비해서 병실로 갔었죠. 꽤 고급스러운 개인병실이었고
병실엔 환자만 이불을 뒤집어 쓴 채로 누워있었습니다.
이런 병실은 꽤 유명한 연예인이라든지 사회적인 지위가
있는 사람들만이 이용할 것 같아서 제가 인기척을 내자
얼굴을 보이기 꺼려해서 이불을 뒤집어쓰고 있는 것
같았습니다. 제가 꽃 배달 왔다는 메모를 남기려
메모지를 꺼내려 했을 때 휴대전화가 울렸습니다.
저는 무심결에 받았고 강아지 주인이 인사를 하러
온다는 거였습니다. 저는 전화를 끊고 나서 이불을
뒤집어쓰고 있던 환자를 한번 보았습니다.
아까 제가 봤던 영감님의 강아지를 구해 준분이 아닐까
생각해 보았지만 영감님이나 그 여자 분이 이런
호화스런 병실에 입원하고 있을 것 같지는 않았습니다.
저는 메모를 남기고 병실을 나와서 간호사들에게
어떻게 입원하게 되었는지를 물었죠. 하지만 그들은
병실은 대기업 회장님의 개인병실이고 그녀는 길에서
기절했다는 사실만을 알고 있었을 뿐이었습니다.
강아지에 대한 건 아무것도 모르고 있는 것 같았습니다.
저는 그저 우연한 두개의 비슷한 사건이라고 결론

내렸습니다. 하지만 영감님께서 쓰러지고 난 후
비서분이 전화를 걸어주셨을 때야 비로소 두 사건이
같은 사건임을 알게 되었습니다. 그 때 알았더라면
그 여자 분의 얼굴이라도 한번 보았으면 좋았을 텐데
말입니다. 영감님은 나중에 그녀는 괜찮다고 사건도
잘 마무리 되었다는 싱거운 말씀만 전해 주셨었죠.
그랬던 기억이었습니다. 그런데 왜 그때 그 일이
생각이 난 걸까요. 저는 공원입구에 서서 흥미로운
벤치 쪽을 계속해서 지켜보았습니다. 벤치에 앉아있던
야구모자를 쓰고 있던 여자 분은 가끔 제 쪽을 보고
있었고 그 선글라스의 사내는 그녀 옆에 서서 무언가를
얘기하고 있었습니다. 그 사내가 조금 비켜서자 그녀는
그에게 가려 보이지 않게 되었습니다. 그 날처럼 무언가
긴장감이 생겨 저는 자리를 뜰 수 없었죠. 그렇다고
다짜고짜 다가가서 무슨 일이냐고 상관하기도 우습다는
생각이 들어 반대편 골목 쪽에 숨어서 그들이 아무
일 없이 나오기만을 기다렸습니다. 골목안에선
긴장감과는 다르게 김치찌개 냄새와 오래된 음식물
쓰레기 냄새가 희미하게 스며 나오고 있었습니다.
얼마 후 그 사내가 나와서 검은 색 세단을 타고
미끄러져 갔습니다. 그리고 한참 후에 그녀는 흰 봉투를
들고 생활정보지를 옆구리에 끼고 공원입구를 돌아

나와 제 차를 한번 힐끔 보더니 다른 골목 쪽으로
사라졌습니다. 저는 그제야 안심을 하고 가게로
돌아올 수 있었습니다. 제가 너무 예민했던 것일
수도 있었습니다. 정의감에 불타는 쪽에 속하지는
않더라도 그때처럼 사고가 난다면 그녀 또한 여러가지
일에 휘말리게 되겠죠. 그저 장미가 피어있는 동네
공원에선 그런 일이 없었으면 좋겠다는 생각이기도
했습니다. 적어도 그녀가 동일 인물이라면 말할 것도
없습니다. 왜 저는 그런 생각을 했을까요. 모든 것이
아주 오래 전부터 서로 연결되어진 것 같다는
생각 말이에요. 만약 그렇다면 그것들은 정해진
어떤 길을 따라서 가는 거겠죠?

어떻게 해서라도 우리는 만났을까요?

9. 에필로그

장례가 치러지던 다음날은 비가 계속해서 왔다. 빗줄기를 보아하니 계절은 이미 장마를 준비하고 있는 듯 했다. 나는 새벽 무렵에야 잠이 들어 하루 종일 잠에 빠져 있었다. 전화는 이 간호사를 제외하고는 죽은 듯 조용했다. 이 간호사는 작별인사를 못할 것 같다며 서현수와 장례식에서 일을 도와줘야 한다고 나중에 꼭 밥을 같이 먹자는 말을 음성으로 남겨 놓았다. 나는 음성을 확인하고 다시 잠에 빠져버렸다. 아주 행복하고 편안한 잠이었다. 나는 꿈에서 다시 뚱뚱했던 시절로 돌아가기도 했으며 놀라서 잠깐 잠에서 깨었다가 다시 들판을 뛰어다니기도 했다. 들판에는 매화가 피었다. 향긋한 냄새를 한 번 들이키자 이번엔 앞에서 불쑥 나무가 자라더니 흰 몽우리가 터지며 목련이 피었다. 곧 목련은 잎을 떨어뜨렸고 그 떨어진 자리에서 개나리가 쑥쑥 자라서 내 주위를 온통 노랗게 만들었다. 그리고 개나리의 노란 잎이 엷어지더니 그대로 작달만한 나무들이 불쑥 자라서 팝콘을 터뜨리듯 벚꽃이 피어났고 곧이어 수백만 개의 꽃잎들이 바람에 날렸다. 즐거웠다. 유쾌하게 웃음을 터뜨리니 아카시아 향기가 퍼져 나왔다. 꼬박 그렇게 20여 시간을 달콤한 꿈에 빠져 있다가 새소리와 아침이 세상을 깨우는 소리에 눈을 떴다. 방안에는 내 숨소리만이 메아리 치고 있었다. 머리와 몸은 개운했고 공기마저 보드랍게 느껴지는 완벽한 아침이었다.

샤워를 마치고 민소매와 청바지를 입었다. 많은 일들이 있었지만 내 몸은 아직 다행히 그대로였다. 가지고 왔던 여행용 가방에 옷들을 담고 욕실에 있던 세면도구들과 젖은 빨래들을 물기를 털어낸 다음 비닐에 담아 같이 넣었다. 그리고 편지들과 내 소지품 그리고 마지막으로 지방시 향수를 백팩에 집어넣었다. 물론 내가 가져갈 요량은 아니었고 이 간호사와 서현수 레지던트와 만나 밥을 먹는다면 슬며시 이 간호사에게 줄 작정이었다. 순간 재밌는 상황에 나도 모르게 미소가 번졌다.

아침은 냉장고에 있던 야채들을 모아서 오믈렛을 만들어

먹었다. 서현수가 그동안 넣어준 우유도 마침 모두 마실 수
있었다. 식사를 끝내고 설거지를 모두 해 둔 다음 쓰레기들
을 모아 놓았다. 되도록 내가 오기 전의 모습으로 만들어 놓
고 싶었다. 짐 정리가 끝난 후 여행용 가방을 끌고 백팩을
매고 밖으로 나왔다. 그늘에 있는 병원 벤치에서 잠시 책을
읽기로 했다. 비가 온 후라서 날씨는 꽤 선선했다. 가방에서
얇은 카디건을 꺼내 입었다. 사람들이 바쁘게 지나쳐갔고
차들이 지나칠 때마다 꽃집 배달차가 아닐까 확인을 했다.

정오가 조금 지나자 전화가 왔다. 비서실장이었다.
"어디십니까?"
"저 병원 입구 벤치에 앉아있어요. 어디쯤이세요?"
"아, 곧 도착합니다. 조금만 기다려 주십시오."
전화를 끊고 책을 접어 백팩에 넣었다. 이제 내가 떠나는
일만 남은 듯 했다. 비서실장의 차가 미끄러지듯 벤치에서
가까운 쪽에 섰다. 그는 여전히 선글라스를 쓰고 있었고 나
에게 다가와서 괜찮은지를 물었다.
나는 약간 옆으로 자리를 비워주고 그에게 앉으라고 권했
다. 그는 괜찮다고 하며 처음 만났을 때처럼 그런 자세로 서
있었다.
"발인은 잘 하셨나요?"
나는 그에게 물었다.

"네 덕분에 모든 일이 잘 치렀습니다."

그는 공손하게 인사를 했다.

"그분은 더 좋은 곳으로 가셨겠죠?"

나는 하늘을 향해 보았다. 싱그러운 나뭇잎들 사이로 마른 태양이 강렬한 빛을 내고 있었다.

"물론입니다. 모두 아가씨 덕분입니다. 참으로 수고 많이 하셨습니다."

"그렇게 말하니 제가 왠지 부끄러워지네요. 별로 한 것도 없었는데 말이에요."

나는 한 손을 볼에 갖다 대었다.

"아닙니다. 정확히 말씀 드리긴 뭐하지만 분명한 건 아가씨를 처음 봤을 때와 지금의 아가씨는 정말 많이 달라졌다는 겁니다. 표정도 무척 여유로워졌고 눈빛을 보면 알 수 있습니다. 아마도 회장님께서는 바라던 게 모두 잘 풀려서 이제는 때가 됐다고 생각하셨을 수도 있을 것 같습니다."

그는 고개를 끄덕거리며 말했다.

"바라시던 거라뇨?"

나는 그에게 물었다.

"그건 저도 모릅니다."

그는 미소를 보이며 대답했다. 나 역시 피식 웃을 수밖에 없었다. 확인해 줄 사람도 없는데 서로가 모호한 주제를 이야기 하는 건 아무래도 무의미 했기 때문이다.

"자. 이젠 제가 할 일은 모두 끝난 거죠? 그럼 이제 저는 가보겠습니다."

내가 자동차 키와 205호의 열쇠를 그에게 내밀며 이야기하자 그는 잠시 기다려 보라고 말했다. 그리고 안주머니에서 무언가를 꺼내 내밀었다.

"이건 그동안의 보답으로 지급되는 겁니다. 차는 아가씨 명의로 되어 있는 것입니다. 그냥 가져가십시오. 그리고 205호의 열쇠는 그 전 주인이던 서현수 레지던트에게 돌려주면 됩니다. 어차피 지금 쓸 사람도 없으니까 천천히 돌려주셔도 될 듯싶습니다. 참, 그리고 또 한 가지 저희 회사 총무부서에 자리를 하나 마련해 놓았습니다. 원하시는 날짜를 알려주시면 제가 신입 오리엔테이션을 준비해 놓겠습니다. 음, 또 혹시 원하시는 어떤 게 있으면 말씀만 해 주십시오"

나는 그가 내민 봉투를 물끄러미 바라보다가 그를 올려다보았다.

"보답은 제가 오히려 해야 할 것 같으니 받을 수 없고요. 낙하산은 저는 싫답니다. 그러니 그것도 받을 수 없어요. 차 역시도 저는 굴릴만한 능력이 못되니 가져 갈 수 없어요. 어떻하죠. 받을 만한 게 하나도 없네요."

나는 익살스럽게 웃어보였다. 하지만 그 역시 약간의 미소를 지어 보이며 말했다.

"그러실 줄 알고 소정의 금액을 아가씨 계좌에 이미 넣어

났습니다. 그러니 차도 그냥 가져가세요. 저는 회사에 사직서 내러 가야 하니까 아가씨를 바래다 드릴 수 없습니다."

나는 기가 막혀 실소를 내고 있었다.

"정말 제게 필요한 것 없으십니까? 뭐 알고 싶은 거라도."

그는 내가 마치 물어볼 것을 이미 알고 있는 사람처럼 재촉했다. 나는 눈을 위로 뜨고 한참을 생각해 보았다. 꽃집! 맞다! 꽃집을 물어봐야 한다.

"아는 꽃집 있으세요?"

그는 그제야 안도의 한숨을 내쉬며 아까보다 더 진한 미소를 보였다.

"물론입니다. 이걸 받으시죠. 명함과 약도입니다. 꽃을 아주 좋아하는 주인이 정성스럽게 포장해 주는 곳이죠."

그는 다른 봉투 하나를 건넸다. 그에게 봉투를 건네받자 가슴이 방망이질 치기 시작했다. 달리기의 스타트 지점에 선 것 마냥 아드레날린이 분출되고 있는 것만 같았다. 그의 입 꼬리가 계속 내려오지 않고 있어서 나는 괜스레 쑥스러워졌다.

"사직서 낸다고 하셨나요? 그럼 어디 다른 회사로 가시는 거예요?"

그는 아예 히죽거리며 말했다. 그렇게 웃으니 실제 봐 왔던 모습보다 그가 훨씬 어리게 느껴졌다.

"네. 꽃집 조수로 취직하기로 했습니다."

나는 남자친구가 떠나갔던 통로를 빠져 나갔다. 여름에 가까워진 풍부한 빛 때문에 그때와 같은 거리의 모습은 아니었지만 기분만큼은 어딘가를 향해 빨려 나가는 것만 같았다. 벌써부터 내 몸에선 향기가 나고 있었다. 생전에 맡아보지 못한, 꿈에서 조차 기억할 수 없는 향기다. 따뜻한 빛이 썬루프를 통해 들어오고 있었고 차창으로 막 샤워를 마친 바람이 들어와 머리를 흩날리며 장난치고 있었다. 꽃집은 머지않은 곳에 있었다. 마지막 사거리. 이곳에서 좌회전이면 꽃집이 보일 것이다. 그곳에 하얀색 강아지와 꽃들과 그리고 편지의 주인이 있을 것이다. 나는 느낄 수 있다. 지금 여기, 모든 것이 아주 오래 전 어딘가에서부터 이어져온 지점. 바로 그곳이다.

나, 여기까지 왔어요.

별의별 이별의 핑계를 다 댄다고
타박할 지도 몰라요.
하지만 이별이란 이야기는 하고 싶지 않아요.
우리는 이별이 아니라 길을 찾는 거예요.

당신은 다시 연애를 시작할 준비가 됐나요?...